學 全新！
自然發音不用背

全書音檔下載

發音律動操完整播放清單

音檔下載網址：https://www.globalv.com.tw/mp3-download-9789864544400

掃描QR碼進入網頁（須先註冊並保持登入）後，按「全書音檔下載請按此」，可一次性下載音檔壓縮檔，或點選檔名線上播放。
全MP3一次下載為zip壓縮檔，部分智慧型手機須先安裝解壓縮app方可開啟，iOS系統請升級至iOS 13以上。
此為大型檔案，建議使用WIFI連線下載，以免占用流量，並請確認連線狀況，以利下載順暢。

使用說明

用口訣記住字母的自然發音

每一課一開始都有 DORINA 老師根據多年教學經驗，設計出來的發音記憶口訣，快速記住每個字母的正確發音！

了解自然發音的規則

不同的字母組合會有不同的發音，這裡清楚説明這些拼字搭配及發音的規則，未來便可舉一反三，看到不曾學過的單字也能直接讀出正確發音！

用故事來學自然發音的規則

對於小朋友與初學者來説，要吸收死板的發音規則實在很難，因此這裡將上面的發音規則寫成小故事，藉由「a 媽媽（母音）前面抱一個兒子（子音）…」等故事來記憶，讓小朋友一下子就學會自然發音的規則。

LESSON 1

a [æ]

記憶口訣

A小妹 沒禮貌
說起話來 "æææ"

發音律動操
FILM01

發音規則

母音字母 a 夾在兩個子音中間，a 唸成 [æ]。

故事記憶

a 媽媽前面抱一個兒子，後面背一個兒子，一邊追著公車跑，一邊喊：「æææ 等等我呀！」

A小妹 沒禮貌 說起話來 "æææ"

發音口訣

聽RAP記發音 ——一邊聽 rap、一邊跟著唸，就可以輕鬆記住 [æ] 的發音喔！

LESSON01.m

1	mat 地墊 m, m, m...a, a, a...m-a...mat
2	map 地圖 m, m, m...a, a, a...m-a...map
3	bat 蝙蝠 b, b, b...a, a, a...b-a...bat
4	rat 老鼠 r, r, r...a, a, a...r-a...rat

10

描紅練字，聽說讀寫一起練

特別增加自然發音規則單字描紅抄寫欄位，一邊動手描寫、一邊開口跟著音檔唸，不只學會發音，還能熟悉手寫英文字母的感覺，訓練手、眼、口同步學習，不僅加深印象和記憶，還能學會正確寫法。

動手寫寫看

請把單字用手寫體正確寫在格線裡，一邊寫一邊跟著音檔開口唸唸看！

mat [mæt] 地墊
mat mat mat

map [mæp] 地圖
map map map

bat [bæt] 蝙蝠
bat bat bat

rat [ræt] 老鼠
rat rat rat

一口氣學會更多單字！

這些單字裡的 a 全都發 [æ] 的音，一起看看吧！

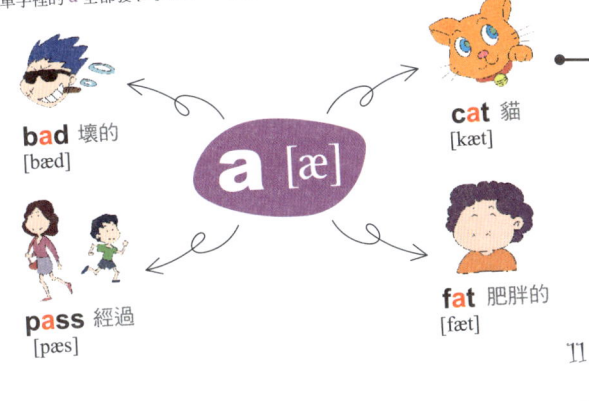

bad 壞的 [bæd]

cat 貓 [kæt]

a [æ]

pass 經過 [pæs]

fat 肥胖的 [fæt]

用心智圖補充更多延伸單字

除了自然發音規則單字，更透過心智圖補充更多擁有相同發音字母組合的延伸單字，搭配可愛插圖和音檔，輕鬆記住自然發音規則和更多單字！

發音律動操線上看*

DORINA 老師將每一課的自然發音規則單字全部編舞、編曲，親自示範錄製成「單字發音律動操」，只要掃這個 QR 碼，就能立刻跟著唱、跟著跳，學會所有的單字發音！

＊若需影音實體光碟，可洽詢國際學村出版社。

自然發音圖像記憶

DORINA 老師按照每一課的記憶口訣，親自繪製有助於圖像記憶的圖片，再也不需要痛苦背誦，便能輕鬆記住自然發音規則。

發音口訣音檔 一掃即聽

DORINA 老師特別錄製音韻節奏強烈的自然發音 RAP 音韻律動 MP3，只要掃這個 QR 碼，就能立刻聽、馬上學！

用發音規則記單字，會讀就能正確拼字

只要學會自然發音規則，就能運用不同的字母搭配組合和音節劃分方式，輕鬆學會單字的正確發音和拼寫方法！

LESSON 2

a [ɛ]

記憶口訣
A小妹 說笑話
空氣好冷ㄟ "εεε"

發音規則
當母音 a 和 ir 或 re 連接時，a 唸成 [ɛ]，ir 或 re 唸成 [r]，合起來唸 [ɛr]。

故事記憶
a 小妹愛講冷笑話，空氣好冷『ㄟ』，所以唸成 [ɛ]。

A小妹 說話話 空氣好冷ㄟ "εεε"

聽 RAP 記發音 ──一邊聽 rap、一邊跟著唸，就可以輕鬆記住 [ɛ] 的發音喔！

1		hair 頭髮 h, h, h...air, air, air...h-air...hair
2		pair 一雙 p, p, p...air, air, air... p-air...pair
3		chair 椅子 ch, ch, ch...air, air, air...ch-air...chair
4		care 關心 c, c, c...are, are, are...c-are...care

12

contents 目錄

A
- LESSON 1   [æ]   p10
- LESSON 2   [ɛ]   p12
- LESSON 3   [ə]   p14
- LESSON 4   [ɔ]   p16
- LESSON 5   [ɑ]   p18
- LESSON 6   [e]   p20

B
- LESSON 7   [b]   p22

C
- LESSON 8   [k]   p24
- LESSON 9   [s]   p26
- LESSON 10   [tʃ]   p28
- LESSON 11   [k]   p30

D
- LESSON 12   [d]   p32

contents 目錄

E
LESSON 13　[ɛ]　p34
LESSON 14　[i]　p36
LESSON 15　[i]　p38
LESSON 16　[ɚ]　p40

F
LESSON 17　[f]　p42

G
LESSON 18　[g]　p44
LESSON 19　[dʒ]　p46

H
LESSON 20　[h]　p48

I
LESSON 21　[ɪ]　p50
LESSON 22　[aɪ]　p52
LESSON 23　[ɝ]　p54

J
LESSON 24　[dʒ]　p56

contents 目錄

K
LESSON 25 [k] p58

L
LESSON 26 [l] p60
LESSON 27 [l] p62

M
LESSON 28 [m] p64
LESSON 29 [m] p66

N
LESSON 30 [n] p68
LESSON 31 [n] p70
LESSON 32 [ŋ] p72

O
LESSON 33 [ɑ] p74
LESSON 34 [o] p76
LESSON 35 [ɔ] p78
LESSON 36 [ə] p80
LESSON 37 [ʌ] p82
LESSON 38 [aʊ] p84
LESSON 39 [ɔɪ] p86

contents 目錄

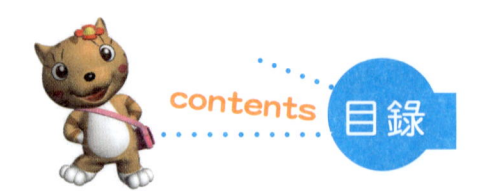

P
LESSON 40 [p] p88
LESSON 41 [f] p90

Q
LESSON 42 [kw] p92

R
LESSON 43 [r] p94

S
LESSON 44 [s] p96
LESSON 45 [ʒ] p98
LESSON 46 [z] p100
LESSON 47 [ʃ] p102

T
LESSON 48 [t] p104
LESSON 49 [θ] p106
LESSON 50 [ð] p108

contents 目錄

U
LESSON 51 [ʌ] p110
LESSON 52 [ju] p112
LESSON 53 [ɝ] p114

V
LESSON 54 [v] p116

W
LESSON 55 [w] p118
LESSON 56 [hw] p120

X
LESSON 57 [ks] p122

Y
LESSON 58 [j] p124
LESSON 59 [aɪ] p126
LESSON 60 [ɪ] p128

Z
LESSON 61 [z] p130

Index 132

LESSON 1

a [æ]

記憶口訣

A小妹 沒禮貌
說起話來 "æ æ æ"

發音律動操
FILM01

發音規則

母音字母 a 夾在兩個子音中間，a 唸成 [æ]。

故事記憶

a 媽媽前面抱一個兒子，後面背一個兒子，一邊追著公車跑，一邊喊：「æ æ æ 等等我呀！」

A小妹 沒禮貌 說起話來 "æ æ æ"

發音口訣
01.mp3

聽RAP記發音 一邊聽 rap、一邊跟著唸，就可以輕鬆記住 [æ] 的發音喔！

1		mat 地墊 m, m, m...a, a, a...m-a...mat
2		map 地圖 m, m, m...a, a, a...m-a...map
3		bat 蝙蝠 b, b, b...a, a, a...b-a...bat
4		rat 老鼠 r, r, r...a, a, a...r-a...rat

10

動手寫寫看

請把單字用手寫體正確寫在格線裡,一邊寫一邊跟著音檔開口唸唸看!

mat
[mæt]
地墊

mat mat mat

map
[mæp]
地圖

map map map

bat
[bæt]
蝙蝠

bat bat bat

rat
[ræt]
老鼠

rat rat rat

一口氣學會更多單字!

這些單字裡的 a 全都發 [æ] 的音,一起看看吧!

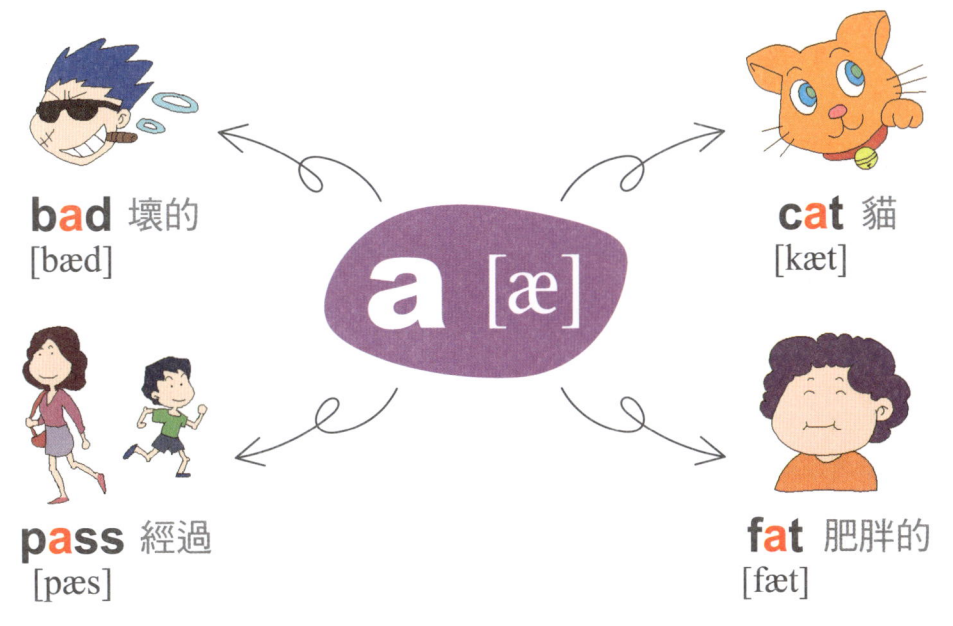

bad 壞的
[bæd]

cat 貓
[kæt]

a [æ]

pass 經過
[pæs]

fat 肥胖的
[fæt]

LESSON 2

a [ɛ]

記憶口訣

A小妹 說笑話
空氣好冷ㄟ "εεε"

發音規則

當母音 a 和 ir 或 re 連接時，a 唸成 [ɛ]，ir 或 re 唸成 [r]，合起來唸 [ɛr]。

故事記憶

a 小妹愛講冷笑話，空氣好冷『ㄟ』，所以唸成 [ɛ]。

> 我愛說冷笑話

A小妹 說笑話 空氣好冷ㄟ "εεε"

聽RAP記發音

一邊聽 rap、一邊跟著唸，就可以輕鬆記住 [ɛ] 的發音喔！

1		hair 頭髮 h, h, h...air, air, air...h-air...hair
2		pair 一雙 p, p, p...air, air, air... p-air...pair
3		chair 椅子 ch, ch, ch...air, air, air...ch-air...chair
4		care 關心 c, c, c...are, are, are...c-are...care

12

動手寫寫看

hair
[hɛr]
頭髮

hair hair hair

pair
[pɛr]
一雙

pair pair pair

chair
[tʃɛr]
椅子

chair chair chair

care
[kɛr]
關心

care care care

一口氣學會更多單字！

這些單字裡的 a 全都發 [ɛ] 的音，一起看看吧！

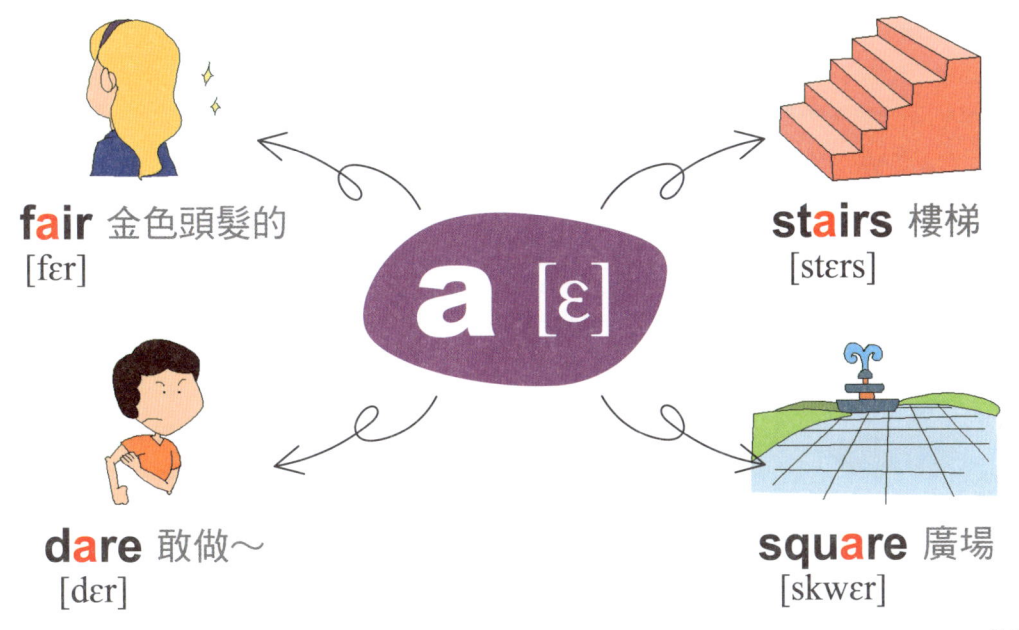

a [ɛ]

fair 金色頭髮的
[fɛr]

stairs 樓梯
[stɛrs]

dare 敢做～
[dɛr]

square 廣場
[skwɛr]

13

LESSON 3

a [ə]

記憶口訣

A小妹 肚子好餓 "əəə"

發音律動操
FILM03

發音規則

當母音 a 位於弱音節時，a 唸成 [ə]。

故事記憶

a 媽媽肚子『餓』，很虛『弱』，所以唸成弱音的 [ə]。

唉唷~
我肚子好餓！

A小妹 肚子好餓 "əəə"

發音口訣
03.mp3

聽RAP記發音 一邊聽 rap、一邊跟著唸，就可以輕鬆記住 [ə] 的發音喔！

1	p**a**nd**a** 貓熊 d, d, d...a, a, a...d-a...panda
2	b**a**n**a**n**a** 香蕉 b, b, b...a, a, a...b-a...banana
3	p**a**p**a**y**a** 木瓜 p, p, p...a, a, a...p-a...papaya
4	sod**a** 汽水 d, d, d...a, a, a...d-a...soda

14

動手寫寫看

請把單字用手寫體正確寫在格線裡,一邊寫一邊跟著音檔開口唸唸看!

panda
[`pændə]
貓熊

panda panda panda

banana
[bə`nænə]
香蕉

banana banana banana

papaya
[pə`paɪə]
木瓜

papaya papaya papaya

soda
[`sodə]
汽水

soda soda soda

一口氣學會更多單字!

這些單字裡弱音節的 a 全都發 [ə] 的音,一起看看吧!

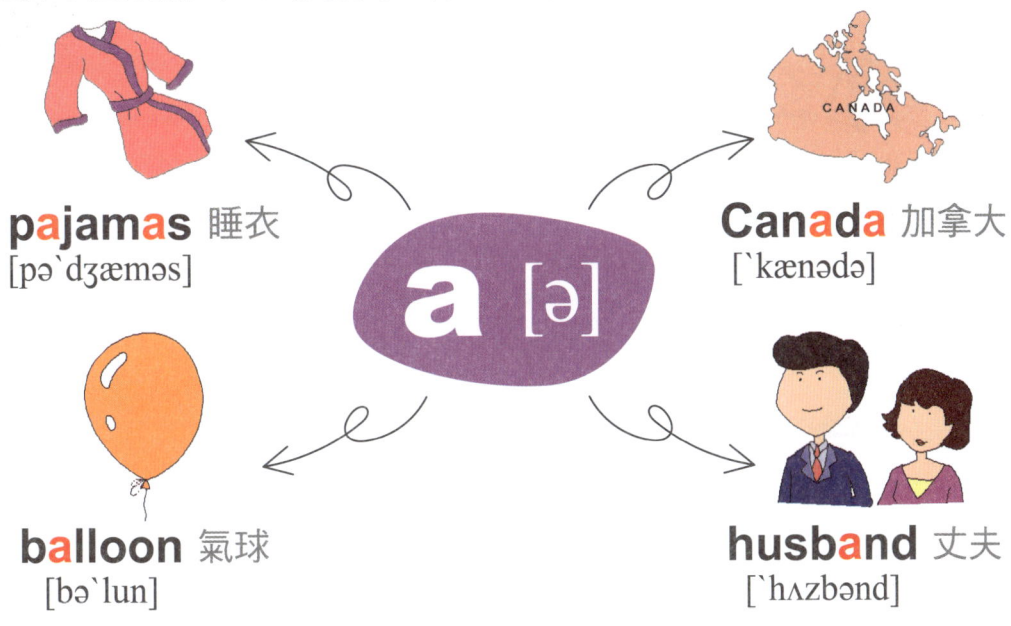

pa**j**a**m**a**s** 睡衣
[pə`dʒæməs]

Ca**n**a**d**a 加拿大
[`kænədə]

a [ə]

balloon 氣球
[bə`lun]

husb**a**nd 丈夫
[`hʌzbənd]

15

LESSON 4

a [ɔ]

記憶口訣

A小妹 被球打到 好痛ㄛ！"ɔɔɔ"

發音律動操
FILM04

發音規則

當母音 a 遇到 l、u、w 三個字母時，a 跟 l、u、w 合唸成 [ɔ]。

故事記憶

a 媽媽拿一枝長棍子（l），小孩 w 型的跑給 a 媽媽追，一面大喊：「打人『ㄛ』」，所以唸 [ɔ]。

A小妹 被球打到 好痛ㄛ！"ɔɔɔ"

發音口訣
04.mp3

聽 RAP 記發音

一邊聽 rap、一邊跟著唸，就可以輕鬆記住 [ɔ] 的發音喔！

1	 tall 高的 t, t, t...all, all, all...t-all...tall
2	 ball 球 b, b, b...all, all, all...b-all...ball
3	 saw 鋸子 s, s, s...aw, aw, aw...s-aw...saw
4	 sauce 調味醬 s, s, s...au, au, au...s-au...sauce

16

動手寫寫看

請把單字用手寫體正確寫在格線裡,一邊寫一邊跟著音檔開口唸唸看!

tall [tɔl] 高的
tall tall tall

ball [bɔl] 球
ball ball ball

saw [sɔ] 鋸子
saw saw saw

sauce [sɔs] 調味醬
sauce sauce sauce

一口氣學會更多單字!

這些單字裡的 a 遇到 l、u、w,全都發 [ɔ] 的音,一起看看吧!

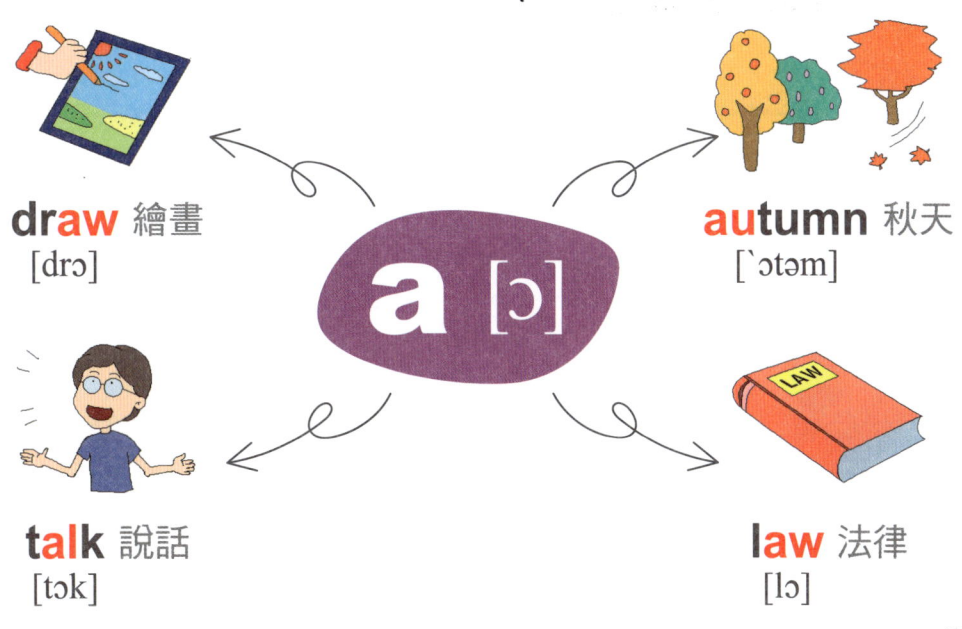

a [ɔ]

draw 繪畫 [drɔ]

autumn 秋天 [`ɔtəm]

talk 說話 [tɔk]

law 法律 [lɔ]

17

LESSON 5

a [a]

記憶口訣

A小妹 妳的家好遠啊！"aaa"

發音律動操
FILM05

發音規則

當母音 a 遇到 r 時，ar 在重音節時唸成 [ar]。

故事記憶

r 小妹老是駝背，a 媽媽遇到都會問她：「你的背怎麼都彎彎的『Y』？」，所以唸 [ar]。

far 我家好遠啊！

A小妹 妳的家好遠啊！"aaa"

發音口訣
05.mp3

聽RAP記發音 一邊聽 rap、一邊跟著唸，就可以輕鬆記住 [a] 的發音喔！

1		jar 瓶罐 j, j, j...ar, ar, ar...j-ar...jar
2		car 汽車 c, c, c...ar, ar, ar...c-ar...car
3		park 公園 p, p, p...ar, ar, ar...p-ar...park
4		farm 農場 f, f, f...ar, ar, ar...f-ar...farm

動手寫寫看

請把單字用手寫體正確寫在格線裡,一邊寫一邊跟著音檔開口唸唸看!

jar
[dʒɑr]
瓶罐

jar jar jar

car
[kɑr]
汽車

car car car

park
[pɑrk]
公園

park park park

farm
[fɑrm]
農場

farm farm farm

一口氣學會更多單字!

這些單字裡的 a 遇到 r,全都發 [ɑ] 的音,一起看看吧!

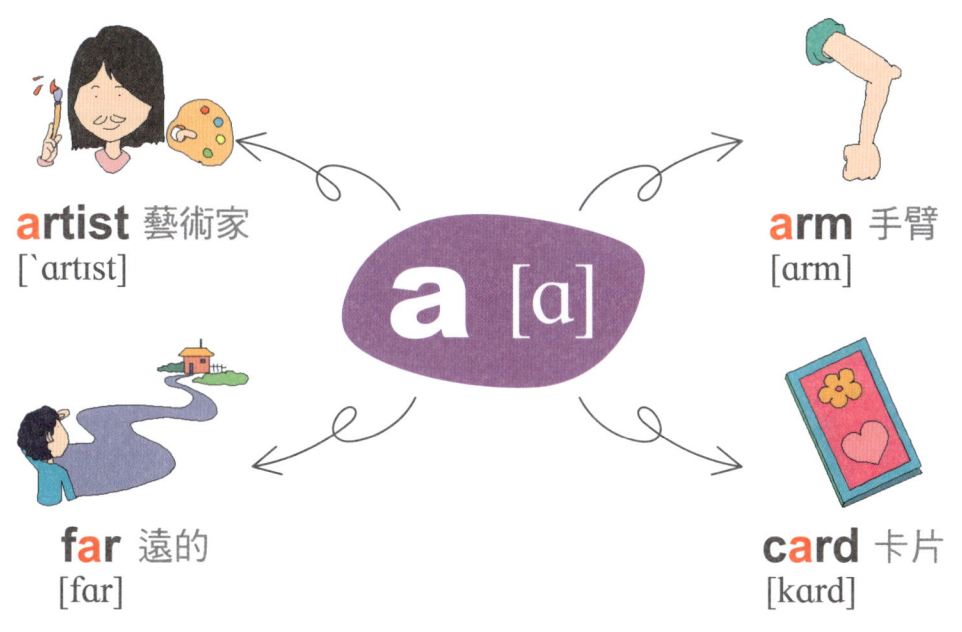

a [ɑ]

artist 藝術家
[ˋɑrtɪst]

arm 手臂
[ɑrm]

far 遠的
[fɑr]

card 卡片
[kɑrd]

LESSON 6

a [e]

記憶口訣

A小妹的名字叫做A "e"

發音律動操
FILM06

發音規則

當母音 a 碰到 i 或「母音 a +子音+字尾 e」時，a 唸成原母音的 [e]，且字尾 e 都不發音。

故事記憶

a 媽媽跟 e 媽媽中間隔著很吵的小孩子，所以必須要拉長聲音說話：「『ㄟ～』你有沒有聽到我說話啦！」。

我就是 [e]
我的名字叫做 [e]

A小妹的名字叫做A "e"

發音口訣
06.mp3

聽RAP記發音

一邊聽 rap、一邊跟著唸，就可以輕鬆記住 [e] 的發音喔！

1	 ☁	rain 雨 r, r, r...ai, ai, ai...r-ai...rain
2	 🍰	cake 蛋糕 c, c, c...a, a, a...c-a...cake
3		game 遊戲 g, g, g...a, a, a...g-a...game
4		race 賽跑 r, r, r...a, a, a...r-a...race

動手寫寫看

請把單字用手寫體正確寫在格線裡，一邊寫一邊跟著音檔開口唸唸看！

rain
[ren]
雨

rain rain rain

cake
[kek]
蛋糕

cake cake cake

game
[gem]
遊戲

game game game

race
[res]
賽跑

race race race

一口氣學會更多單字！

這些單字裡的 a 全都發 [e] 的音，一起看看吧！

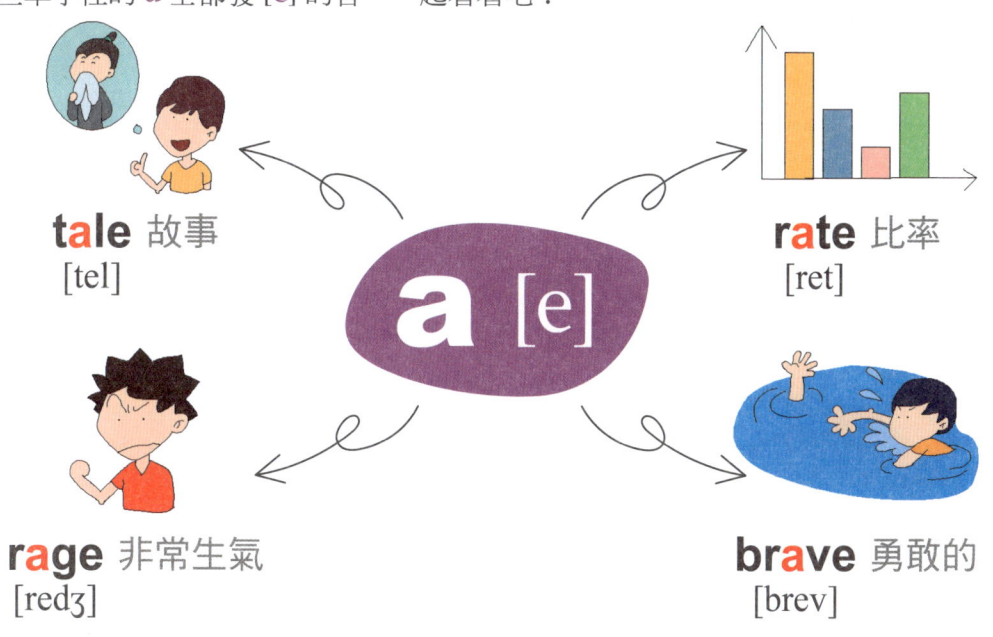

tale 故事
[tel]

rate 比率
[ret]

a [e]

rage 非常生氣
[redʒ]

brave 勇敢的
[brev]

21

LESSON 7
b [b]

記憶口訣

B小弟
吹泡泡 "bbb"

發音律動操

FILM07

發音規則

子音字母 b 都唸成 [b]。

故事記憶

b 小弟喜歡吹泡泡，爸爸很生氣的對他說：「你『不』（ㄅ）要走到哪裡都吹泡泡好嗎？」所以不管在哪，b 都唸 [b]。

B小弟 吹泡泡 "bbb"

發音口訣

07.mp3

聽 RAP 記發音

一邊聽 rap、一邊跟著唸，就可以輕鬆記住 [b] 的發音喔！

1	 bat 蝙蝠 b, b, b...a, a, a...b-a...bat
2	 bed 床 b, b, b...e, e, e...b-e...bed
3	 baby 嬰兒 b, b, b...a, a, a...b-a...baby
4	 bake 烘焙 b, b, b...a, a, a...b-a...bake

22

動手寫寫看

請把單字用手寫體正確寫在格線裡,一邊寫一邊跟著音檔開口唸唸看!

bat
[bæt]
蝙蝠

bat bat bat

bed
[bɛd]
床

bed bed bed

baby
[ˋbebɪ]
嬰兒

baby baby baby

bake
[bek]
烘焙

bake bake bake

一口氣學會更多單字!

這些單字裡的 b 全都發 [b] 的音,一起看看吧!

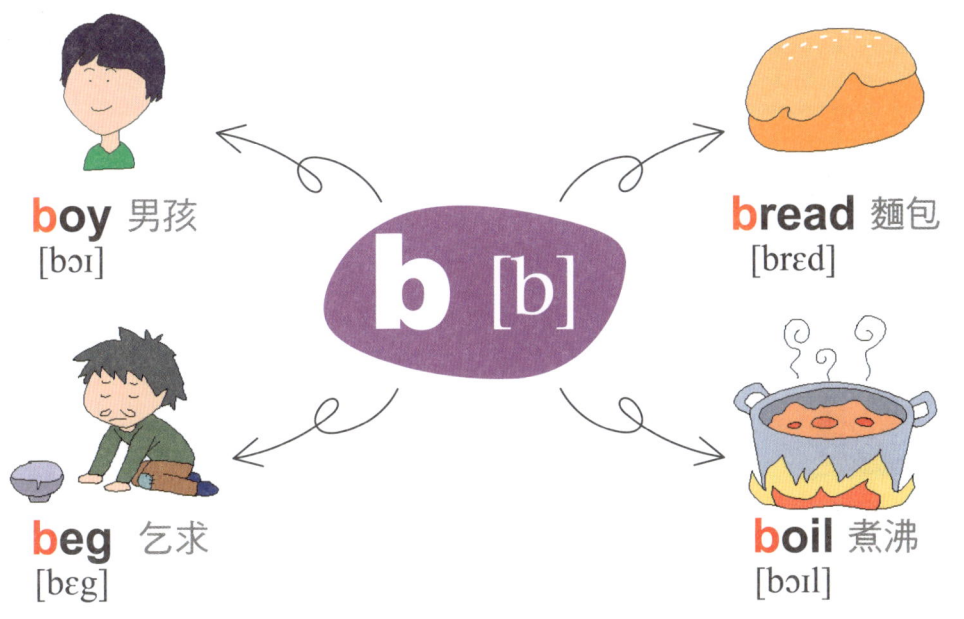

boy 男孩
[bɔɪ]

bread 麵包
[brɛd]

b [b]

beg 乞求
[bɛg]

boil 煮沸
[bɔɪl]

23

LESSON 8
C [k]

記憶口訣

C小弟 吃維他命C
才不會咳嗽 "kkk"

發音律動操
FILM08

發音規則

子音字母 c 通常都唸成 [k]。

故事記憶

c 小弟『吸』到髒空氣會『咳』嗽，所以唸 [k]。

> 我吃維他命C，我很健康喔！

C小弟 吃維他命C 才不會咳嗽 "kkk"

發音口訣
08.mp3

聽RAP記發音 — 一邊聽 rap、一邊跟著唸，就可以輕鬆記住 [k] 的發音喔！

1	car 汽車 c, c, c...ar, ar, ar...c-ar...car
2	cat 貓 c, c, c...a, a, a...c-a...cat
3	cook 烹調 c, c, c...oo, oo, oo...c-oo...cook
4	cut 切，剪 c, c, c...u, u, u...c-u...cut

24

動手寫寫看

請把單字用手寫體正確寫在格線裡,一邊寫一邊跟著音檔開口唸唸看!

car
[kɑr]
汽車

car car car

cat
[kæt]
貓

cat cat cat

cook
[kʊk]
烹調

cook cook cook

cut
[kʌt]
切,剪

cut cut cut

一口氣學會更多單字!

這些單字裡單獨的字母 c 全都發 [k] 的音,一起看看吧!

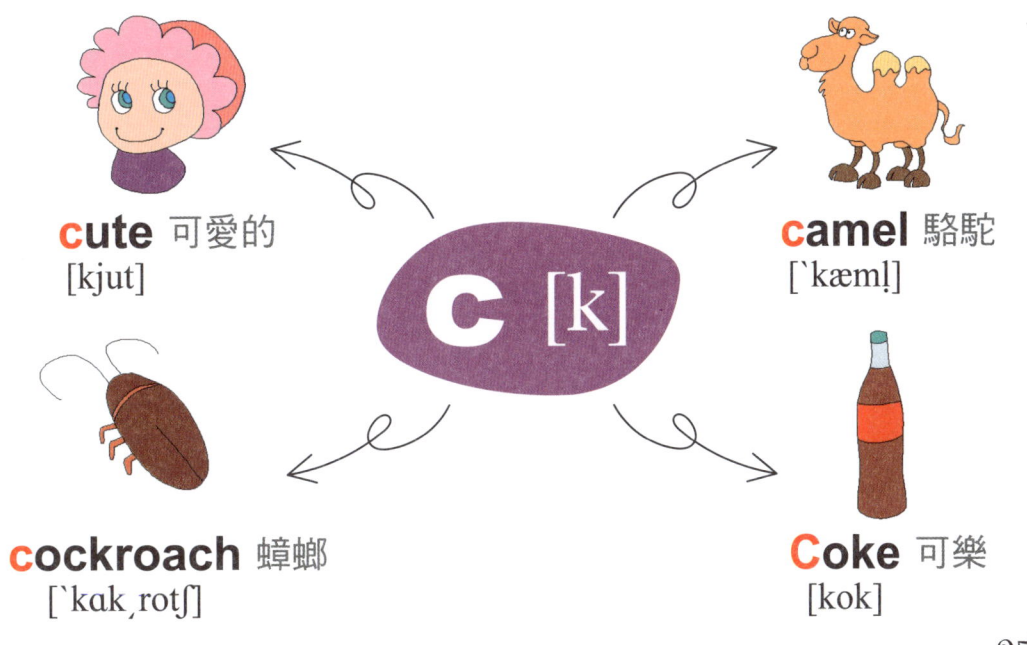

c [k]

cute 可愛的
[kjut]

camel 駱駝
[ˋkæml]

cockroach 蟑螂
[ˋkak͵rotʃ]

Coke 可樂
[kok]

25

LESSON 9

C [s]

記憶口訣

C小弟 髒兮兮
笑死人 "sss"

發音律動操
FILM09

發音規則

c 後面如果接著 i、e、y 這三個字母，通常都會唸成 [s]。

故事記憶

c 小弟走路絆到鐵絲（s），摔了一（e）跤，鼻梁歪（y）了，痛得哎哎（i）叫，所以子音字母 c 遇到 i、e、y 都唸 [s]。

C小弟 髒兮兮 笑死人 "sss"

發音口訣
09.mp3

聽RAP記發音

一邊聽 rap、一邊跟著唸，就可以輕鬆記住 [s] 的發音喔！

1	circle 圓圈 c, c, c...ir, ir, ir...c-ir...circle
2	bicycle 腳踏車 c, c, c...y, y, y...c-y...bicycle
3	juice 果汁 CECE...c, c, c...juice
4	face 臉 CECE...c, c, c...face

動手寫寫看

請把單字用手寫體正確寫在格線裡,一邊寫一邊跟著音檔開口唸唸看!

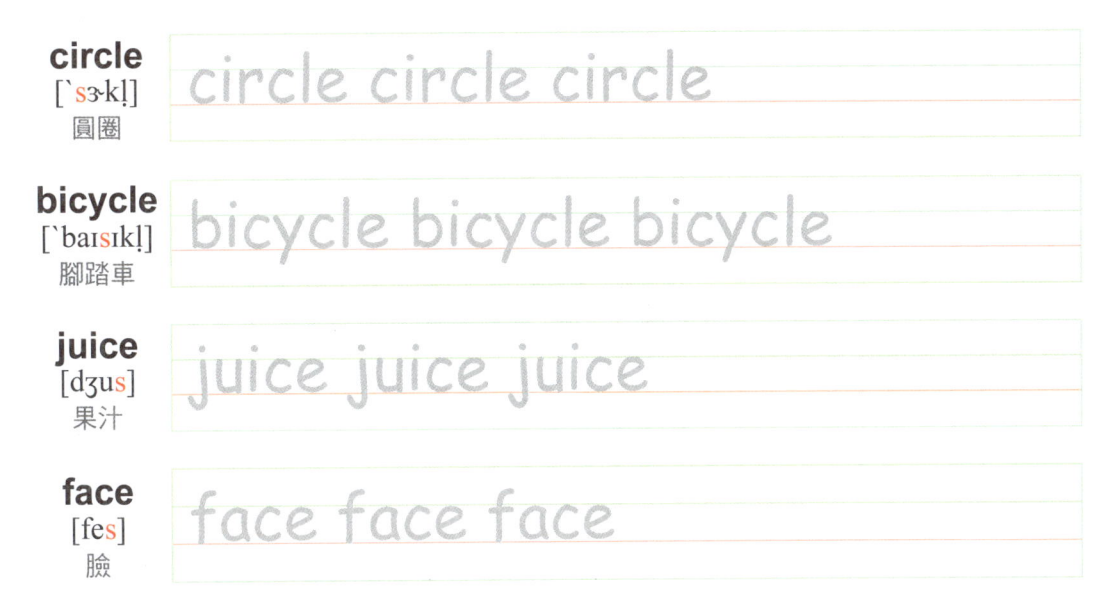

circle
[`sɝkl]
圓圈

circle circle circle

bicycle
[`baɪsɪkl]
腳踏車

bicycle bicycle bicycle

juice
[dʒus]
果汁

juice juice juice

face
[fes]
臉

face face face

一口氣學會更多單字!

這些單字裡後面出現字母 i 的 c 全都發 [s] 的音,一起看看吧!

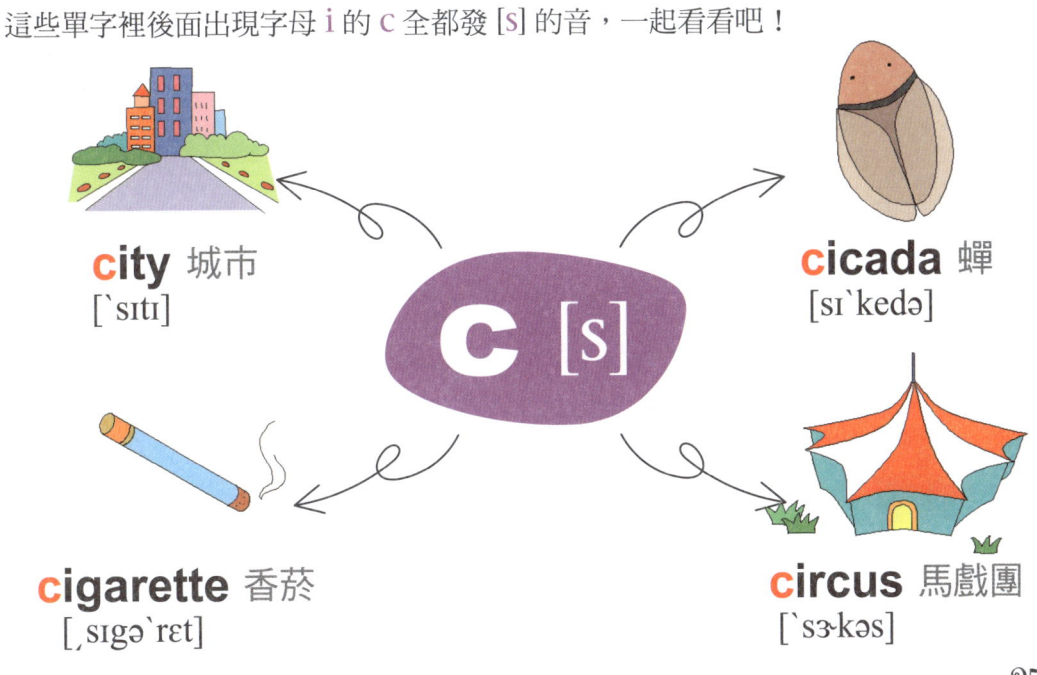

city 城市
[`sɪtɪ]

cicada 蟬
[sɪ`kedə]

c [s]

cigarette 香菸
[ˌsɪgə`rɛt]

circus 馬戲團
[`sɝkəs]

27

LESSON 10
ch [tʃ]

記憶口訣

小麻雀 雀雀雀
" tʃ tʃ tʃ "

發音律動操
FILM10

發音規則

子音字母 c 和子音 h 合在一起出現時，唸成 [tʃ]。

故事記憶

c 小弟和 h 小弟一起上學『去』，所以唸成 [tʃ]。

小麻雀 雀雀雀 " tʃ tʃ tʃ "

發音口訣
10.mp3

聽 RAP 記發音 ── 一邊聽 rap、一邊跟著唸，就可以輕鬆記住 [tʃ] 的發音喔！

1		**chase** 追趕 ch, ch, ch...a, a, a...ch-a...chase
2		**church** 教堂 ch, ch, ch...ur, ur, ur...ch-ur...church
3		**chair** 椅子 ch, ch, ch...air, air, air...ch-air...chair
4		**peach** 桃子 p, p, p...ea, ea, ea...p-ea...peach

動手寫寫看

請把單字用手寫體正確寫在格線裡，一邊寫一邊跟著音檔開口唸唸看！

chase
[tʃes]
追趕

chase chase chase

church
[tʃɝtʃ]
教堂

church church church

chair
[tʃɛr]
椅子

chair chair chair

peach
[pitʃ]
桃子

peach peach peach

一口氣學會更多單字！

這些單字裡的 ch 全都發 [tʃ] 的音，一起看看吧！

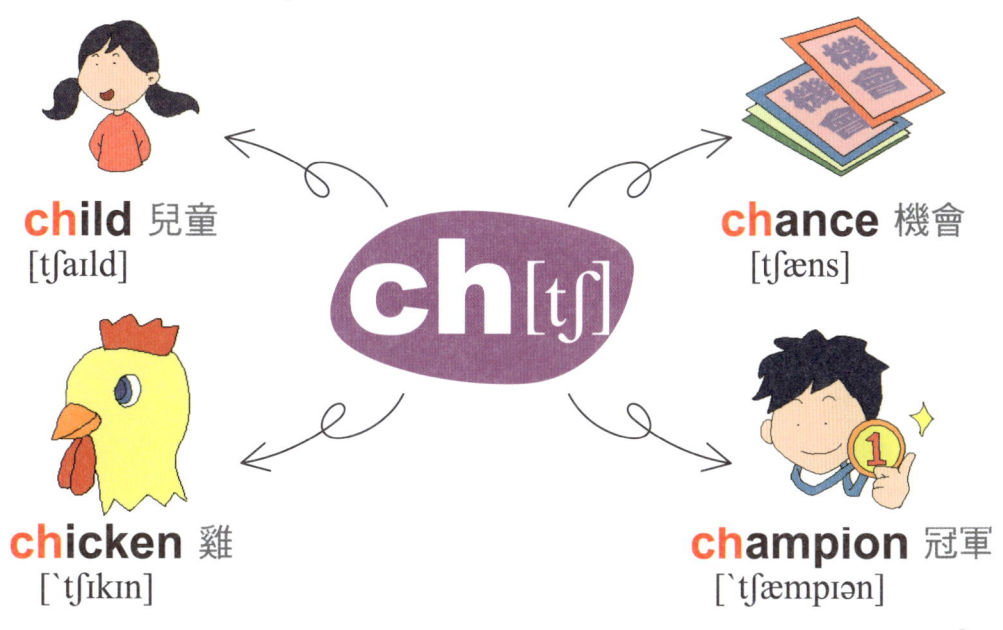

child 兒童
[tʃaɪld]

chance 機會
[tʃæns]

ch[tʃ]

chicken 雞
[ˋtʃɪkɪn]

champion 冠軍
[ˋtʃæmpɪən]

LESSON 11
ck [k]

記憶口訣

小鴨子
好可愛 "kkk"

發音律動操
FILM11

發音規則

子音字母 c 和子音字母 k 合在一起出現時，唸成 [k]。

故事記憶

c 小弟和 k 小弟一起『K』書，所以唸成 [k]。

小鴨子　好可愛 "kkk"

發音口訣
11.mp3

聽 RAP 記發音

一邊聽 rap、一邊跟著唸，就可以輕鬆記住 [k] 的發音喔！

1		du**ck** 鴨子 CKCK...ck, ck, ck...du**ck**
2		clo**ck** 時鐘 CKCK...ck, ck, ck...clo**ck**
3		bla**ck** 黑色 CKCK...ck, ck, ck...bla**ck**
4		tru**ck** 卡車 CKCK...ck, ck, ck...tru**ck**

動手寫寫看

請把單字用手寫體正確寫在格線裡,一邊寫一邊跟著音檔開口唸唸看!

duck
[dʌk]
鴨子

duck duck duck

clock
[klɑk]
時鐘

clock clock clock

black
[blæk]
黑色

black black black

truck
[trʌk]
卡車

truck truck truck

一口氣學會更多單字!

這些單字裡的 ck 全都發 [k] 的音,一起看看吧!

ck [k]

pack 打包
[pæk]

back 背部
[bæk]

lack 缺乏
[læk]

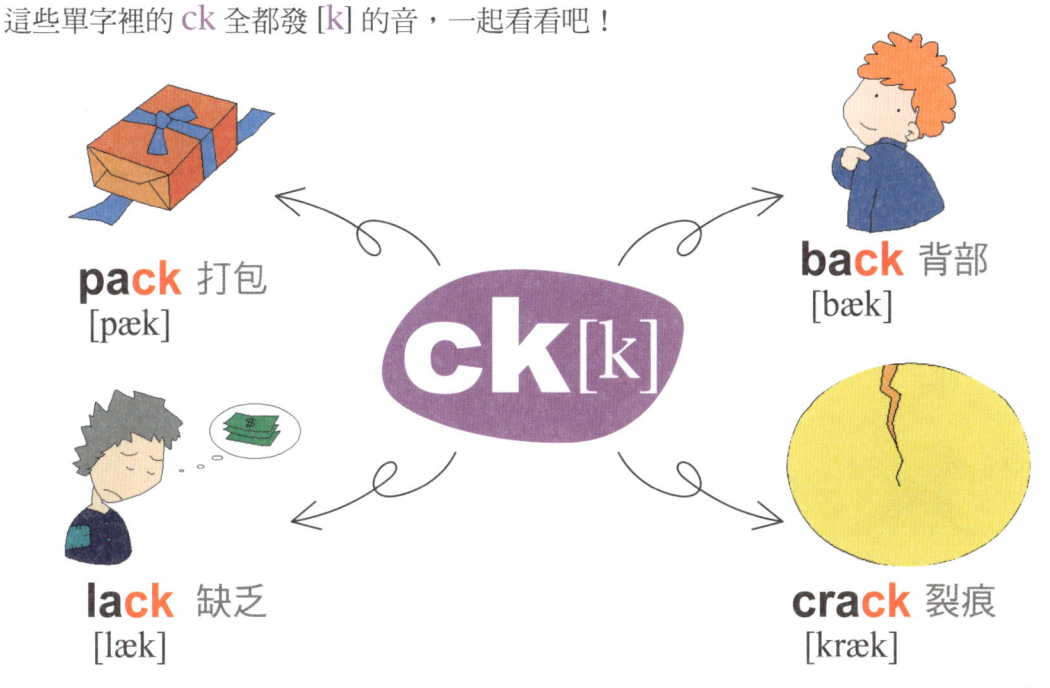

crack 裂痕
[kræk]

LESSON 12
d [d]

記憶口訣

你的我的 "ddd"

發音律動操
FILM12

發音規則

子音字母 d 單獨出現時，不管在哪裡都唸成 [d]。

故事記憶

d 小弟沒信心，一天到晚頭『低低』，所以 d 不管在哪裡都唸成 [d]。

你的我的 "ddd"

發音口訣
12.mp3

聽 RAP 記發音

一邊聽 rap、一邊跟著唸，就可以輕鬆記住 [d] 的發音喔！

1	🐕	**dog** 狗 d, d, d...o, o, o ...d-o...dog
2	💃	**dance** 跳舞 d, d, d...an, an, an ...d-an...dance
3	🦌	**deer** 鹿 d, d, d...ee, ee, ee ...d-ee...deer
4	⛏️	**dig** 挖掘 d, d, d...i, i, i ...d-i...dig

動手寫寫看

請把單字用手寫體正確寫在格線裡,一邊寫一邊跟著音檔開口唸唸看!

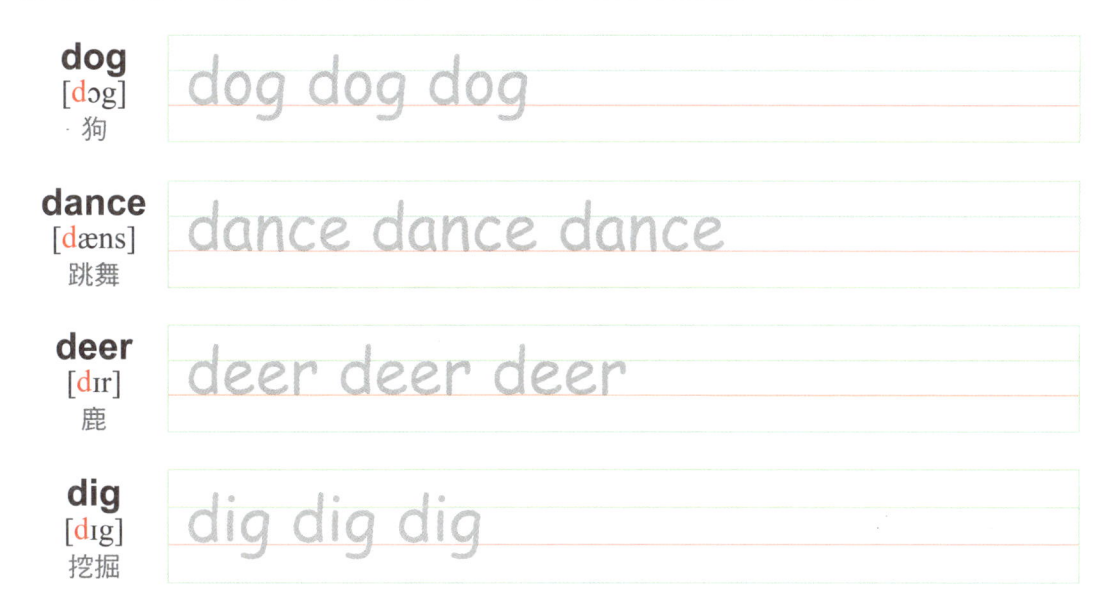

dog
[dɔg]
狗

dog dog dog

dance
[dæns]
跳舞

dance dance dance

deer
[dɪr]
鹿

deer deer deer

dig
[dɪg]
挖掘

dig dig dig

一口氣學會更多單字!

這些單字裡的 d 全都發 [d] 的音,一起看看吧!

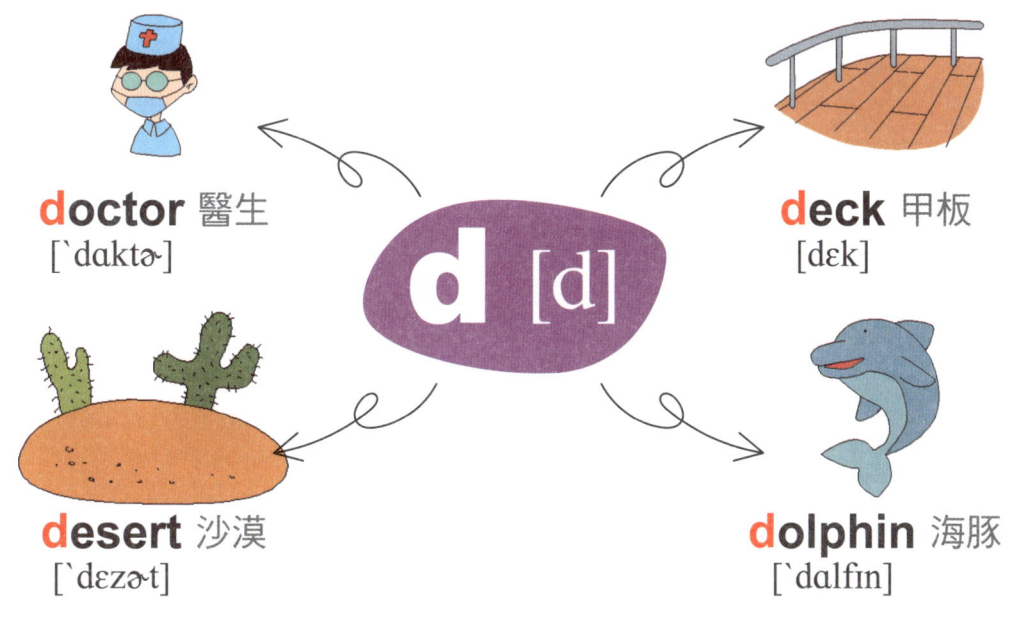

d [d]

doctor 醫生
[`dɑktɚ]

deck 甲板
[dɛk]

desert 沙漠
[`dɛzɚt]

dolphin 海豚
[`dɑlfɪn]

33

LESSON 13

e
[ɛ]

記憶口訣

E 媽媽說
我想想看 "ɛɛ"

發音律動操

FILM13

發音規則

母音 e 單獨出現，沒有和其他母音接在一起時，唸成 [ɛ]。

故事記憶

e 媽媽突發奇想：「ɛɛɛ…我想吃宵夜（ㄝ）。」

E 媽媽說　我想想看 "ɛɛ"

發音口訣

13.mp3

聽 RAP 記發音

一邊聽 rap、一邊跟著唸，就可以輕鬆記住 [ɛ] 的發音喔！

1	 red 紅色 r, r, r…e, e, e…r-e…red
2	 hen 母雞 h, h, h…e, e, e…h-e…hen
3	 desk 書桌 d, d, d…e, e, e…d-e…desk
4	 nest 巢穴 n, n, n…e, e, e…n-e…nest

34

動手寫寫看

請把單字用手寫體正確寫在格線裡,一邊寫一邊跟著音檔開口唸唸看!

red
[rɛd]
紅色

red red red

hen
[hɛn]
母雞

hen hen hen

desk
[dɛsk]
書桌

desk desk desk

nest
[nɛst]
巢穴

nest nest nest

一口氣學會更多單字!

這些單字裡的 e 全都發 [ɛ] 的音,一起看看吧!

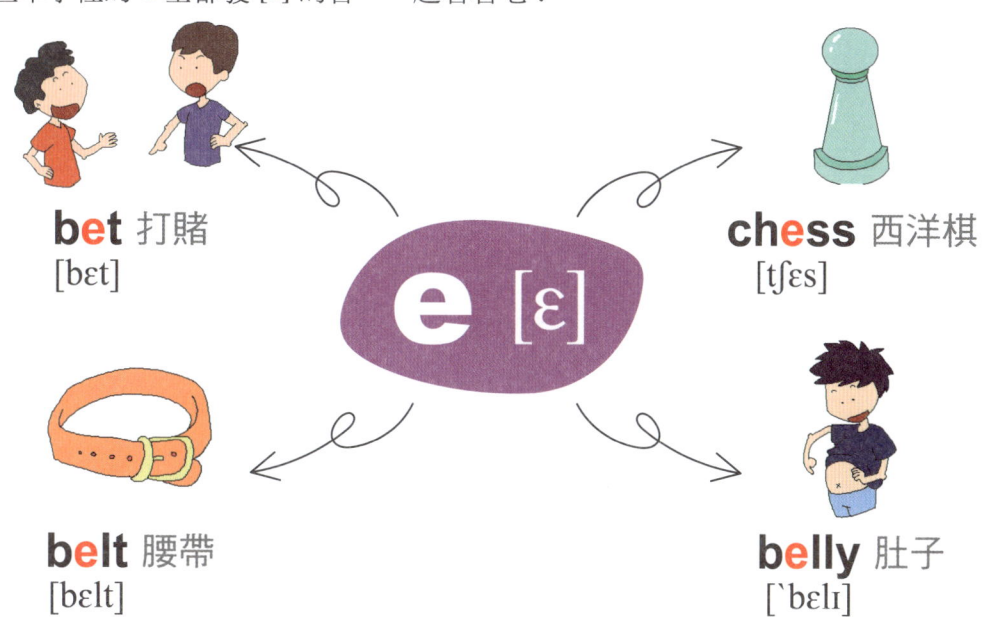

be**t** 打賭
[bɛt]

che**ss** 西洋棋
[tʃɛs]

e [ɛ]

be**lt** 腰帶
[bɛlt]

be**lly** 肚子
[ˋbɛlɪ]

35

LESSON 14
ee [i]

記憶口訣

兩個 E 媽媽跑第一 "i i i"

FILM14

發音規則

兩個母音 e 合在一起出現時，ee 唸成 [i]。

故事記憶

兩個 e 媽媽『一』起跑第一，所以兩個 e 唸成 [i]。

兩個 E 媽媽跑第一 "i i i"

發音口訣
14.mp3

聽 RAP 記發音

一邊聽 rap、一邊跟著唸，就可以輕鬆記住 [i] 的發音喔！

1	sheep 綿羊	sh, sh, sh...ee, ee, ee...sh-ee...sheep
2	sheet 一張	sh, sh, sh...ee, ee, ee...sh-ee...sheet
3	feet 腳（複數）	f, f, f...ee, ee, ee...f-ee...feet
4	cheese 起司	ch, ch, ch...ee, ee, ee...ch-ee...cheese

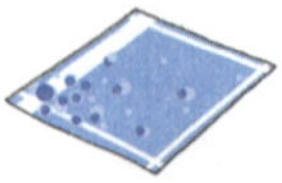

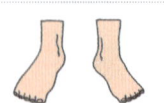

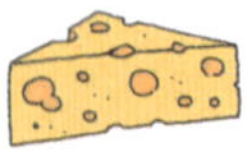

動手寫寫看

請把單字用手寫體正確寫在格線裡,一邊寫一邊跟著音檔開口唸唸看!

sheep
[ʃip]
綿羊

sheep sheep sheep

sheet
[ʃit]
一張

sheet sheet sheet

feet
[fit]
腳(複數)

feet feet feet

cheese
[tʃiz]
起司

cheese cheese cheese

一口氣學會更多單字!

這些單字裡的 ee 全都發 [i] 的音,一起看看吧!

bee 蜜蜂
[bi]

f**ee**l 感覺
[fil]

ee [i]

b**ee**f 牛肉
[bif]

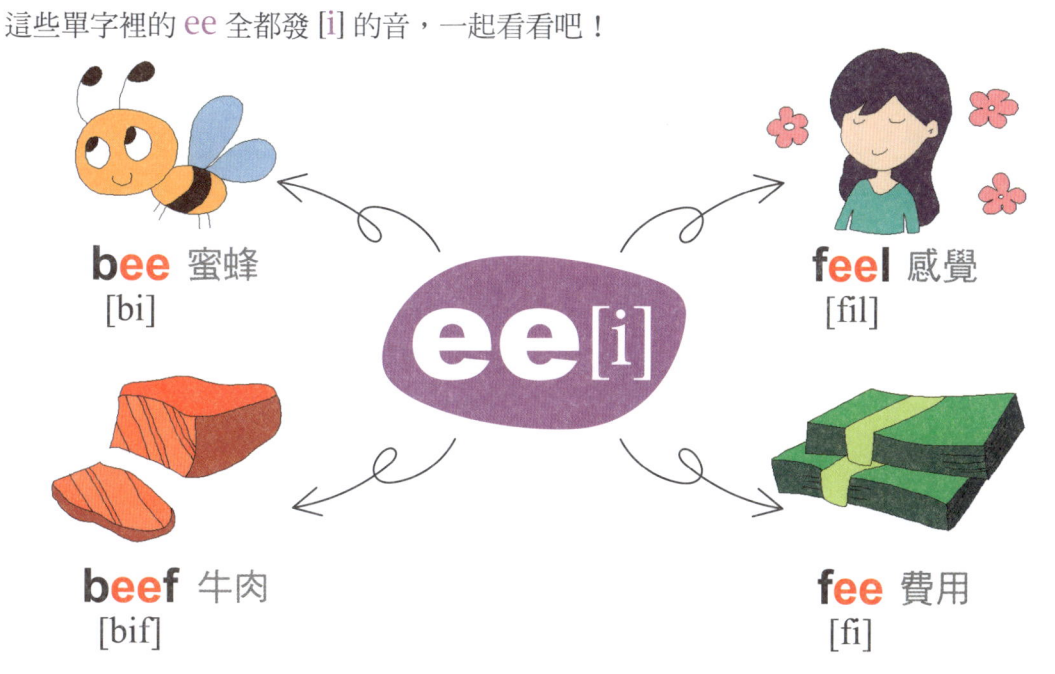

f**ee** 費用
[fi]

LESSON 15
ea [i]

記憶口訣

E 媽媽和 A 媽媽 都跑第一 "i i i"

發音律動操
FILM15

發音規則

母音 e 和母音 a 合在一起出現時，通常唸成 [i]。

故事記憶

e 媽媽和 a 媽媽『一』起跑第一，所以 ea 唸成 [i]。

E 媽媽和 A 媽媽　都跑第一 "i i i"

發音口訣
15.mp3

聽 RAP 記發音

一邊聽 rap、一邊跟著唸，就可以輕鬆記住 [i] 的發音喔！

1	 beach 海灘 b, b, b...ea, ea, ea...b-ea...beach
2	 jeans 牛仔褲 j, j, j...ea, ea, ea...j-ea...jeans
3	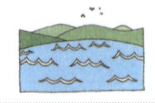 sea 海 s, s, s...ea, ea, ea...s-ea...sea
4	 tea 茶 t, t, t...ea, ea, ea...t-ea...tea

動手寫寫看

beach
[bitʃ]
海灘

beach beach beach

jeans
[dʒinz]
牛仔褲

jeans jeans jeans

sea
[si]
海

sea sea sea

tea
[ti]
茶

tea tea tea

一口氣學會更多單字！

這些單字裡的 ea 全都發 [i] 的音，一起看看吧！

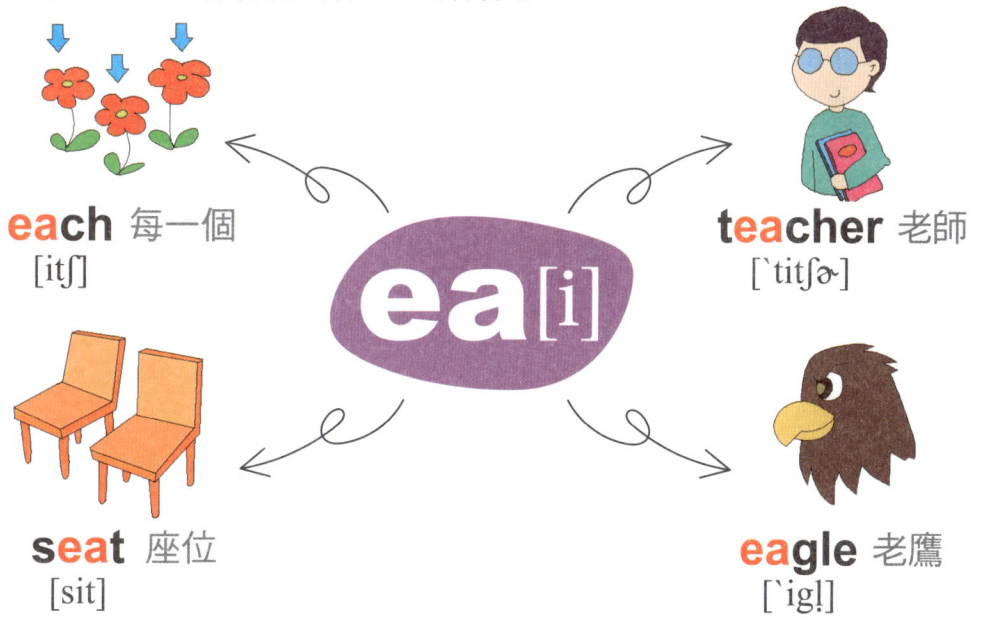

each 每一個
[itʃ]

teacher 老師
[ˋtitʃɚ]

ea [i]

seat 座位
[sit]

eagle 老鷹
[ˋigl̩]

39

LESSON 16
er [ɚ]

記憶口訣

E 媽媽和 R 小妹
想要吐 噁噁噁
"ɚɚɚ"

發音規則

母音 e 和子音 r 合在一起出現，er 在輕音節時唸成 [ɚ]。

故事記憶

e 媽媽和 r 小妹在路上看到一隻鵝，『噁』心想吐，所以 er 唸成 [ɚ]。

我們看到鵝就想吐！
[ɚ]

E 媽媽和 R 小妹　想要吐

噁噁噁 "ɚɚɚ"

發音律動操 FILM16

發音口訣 16.mp3

聽 RAP 記發音

一邊聽 rap、一邊跟著唸，就可以輕鬆記住 [ɚ] 的發音喔！

1	sweater 毛衣 t, t, t...er, er, er...t-er...sweater
2	rooster 公雞 t, t, t...er, er, er...t-er...rooster
3	butterfly 蝴蝶 t, t, t...er, er, er...t-er...butterfly
4	hammer 鎚子 m, m, m...er, er, er...m-er...hammer

40

動手寫寫看

請把單字用手寫體正確寫在格線裡，一邊寫一邊跟著音檔開口唸唸看！

sweater
[ˋswɛtɚ]
毛衣

sweater sweater sweater

rooster
[ˋrustɚ]
公雞

rooster rooster rooster

butterfly
[ˋbʌtɚˏflaɪ]
蝴蝶

butterfly butterfly butterfly

hammer
[ˋhæmɚ]
鎚子

hammer hammer hammer

一口氣學會更多單字！

這些單字裡的 er 全都發 [ɚ] 的音，一起看看吧！

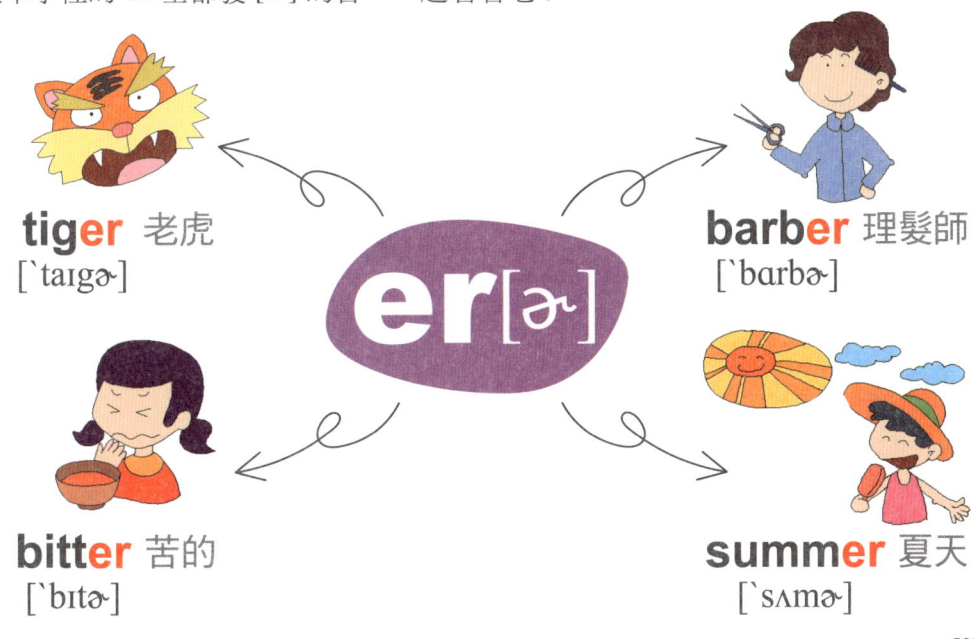

tiger 老虎
[ˋtaɪgɚ]

barber 理髮師
[ˋbarbɚ]

er [ɚ]

bitter 苦的
[ˋbɪtɚ]

summer 夏天
[ˋsʌmɚ]

41

LESSON 17

f [f]

記憶口訣

皮ㄈㄨ的ㄈㄨ "f f f"

FILM17

發音規則

子音 f 不管出現在哪裡，都唸成 [f]。

故事記憶

f 小弟太窮了，『付』不出錢，到處欠帳，所以 f 總是唸成 [f]。

我是 fox，我的皮ㄈㄨ很光滑。

皮ㄈㄨ的ㄈㄨ "f f f"

發音口訣

17.mp3

聽 RAP 記發音

一邊聽 rap、一邊跟著唸，就可以輕鬆記住 [f] 的發音喔！

1	fan 風扇 f, f, f...an, an, an...f-an...fan
2	fox 狐狸 f, f, f...o, o, o...f-o...fox
3	fat 肥胖的 f, f, f...a, a, a...f-a...fat
4	freckle 雀斑 f, f, f...re, re, re...f-re...freckle

動手寫寫看

請把單字用手寫體正確寫在格線裡,一邊寫一邊跟著音檔開口唸唸看!

fan
[fæn]
風扇

fan fan fan

fox
[fɑks]
狐狸

fox fox fox

fat
[fæt]
肥胖的

fat fat fat

freckle
[`frɛkl̩]
雀斑

freckle freckle freckle

一口氣學會更多單字!

這些單字裡的 f 全都發 [f] 的音,一起看看吧!

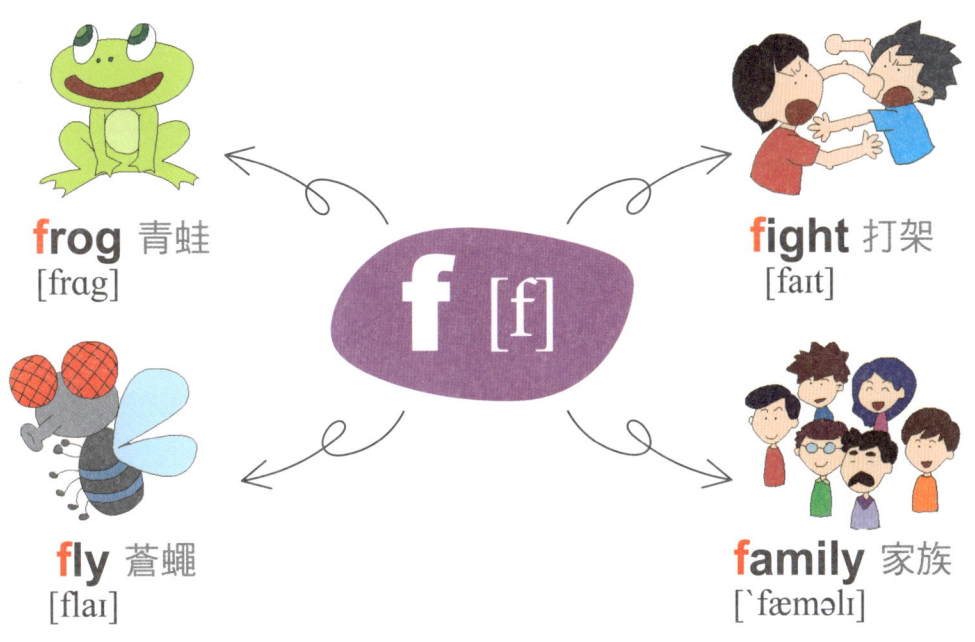

f [f]

frog 青蛙
[frɑg]

fight 打架
[faɪt]

fly 蒼蠅
[flaɪ]

family 家族
[`fæməlɪ]

LESSON 18

g [g]

記憶口訣

G小弟割到手
"g g g"

發音律動操
FILM18

發音規則

子音 g 大部分的時候都唸成 [g]。

故事記憶

小雞（g）大部分的時間都在『咯咯』叫，所以 g 常常唸成 [g]。

G小弟割到手 "g g g"

發音口訣
18.mp3

聽RAP記發音

一邊聽 rap、一邊跟著唸，就可以輕鬆記住 [g] 的發音喔！

1		goat 山羊 g, g, g...oa, oa, oa...g-oa...goat
2		girl 女孩 g, g, g...ir, ir, ir...g-ir...girl
3		pig 豬 p, p, p...i, i, i, ...p-i...pig
4		dog 狗 d, d, d...o, o, o, ...d-o......dog

動手寫寫看

請把單字用手寫體正確寫在格線裡,一邊寫一邊跟著音檔開口唸唸看!

goat
[got]
山羊

goat goat goat

girl
[gɝl]
女孩

girl girl girl

pig
[pɪg]
豬

pig pig pig

dog
[dɔg]
狗

dog dog dog

一口氣學會更多單字!

這些單字裡的 g 全都發 [g] 的音,一起看看吧!

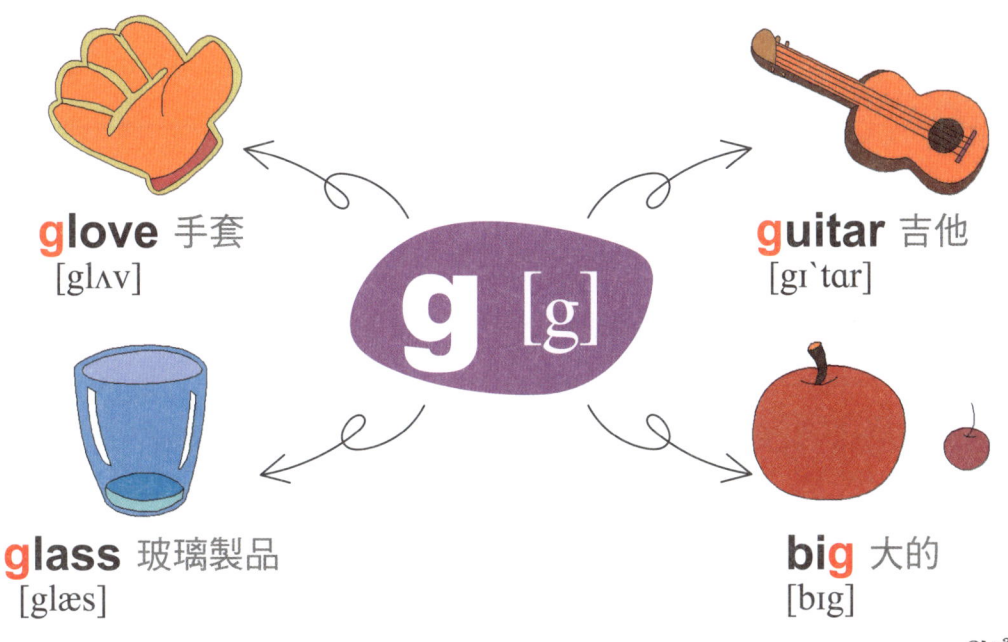

glove 手套
[glʌv]

guitar 吉他
[gɪ`tɑr]

g [g]

glass 玻璃製品
[glæs]

bi**g** 大的
[bɪg]

45

LESSON 19

g [dʒ]

記憶口訣

G小弟 擠牛奶 "dʒ dʒ dʒ"

發音律動操
FILM19

發音規則

g 後面如果接著 i、e、y 這三個字母，通常都唸成 [dʒ]。

故事記憶

小『雞』學走路，摔了一（e）跤，鼻梁歪（y）了，痛得哎哎（i）叫，所以唸 [dʒ]。

G小弟 擠牛奶 "dʒ dʒ dʒ"

發音口訣
19.mp3

聽 RAP 記發音

一邊聽 rap、一邊跟著唸，就可以輕鬆記住 [dʒ] 的發音喔！

1	🦒	**gi**raffe 長頸鹿 g, g, g...i, i, i...g-i...giraffe
2	 🏟	**gy**m 體育館 g, g, g...y, y, y...g-y...gym
3	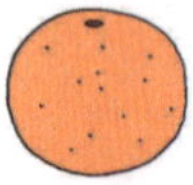 🍊	oran**ge** 柳丁 GEGE...ge, ge, ge...orange
4	 🌉	brid**ge** 橋 GEGE...ge, ge, ge...bridge

46

動手寫寫看

請把單字用手寫體正確寫在格線裡,一邊寫一邊跟著音檔開口唸唸看!

giraffe
[dʒəˋræf]
長頸鹿

giraffe giraffe giraffe

gym
[dʒɪm]
體育館

gym gym gym

orange
[ˋɔrɪndʒ]
柳丁

orange orange orange

bridge
[brɪdʒ]
橋

bridge bridge bridge

一口氣學會更多單字!

這些單字裡後面接著字母 i、e、y 的 g 全都發 [dʒ] 的音,一起看看吧!

magician 魔術師
[məˋdʒɪʃən]

energy 能量
[ˋɛnɚdʒɪ]

g [dʒ]

dodge 躲避
[dadʒ]

cage 籠子
[kedʒ]

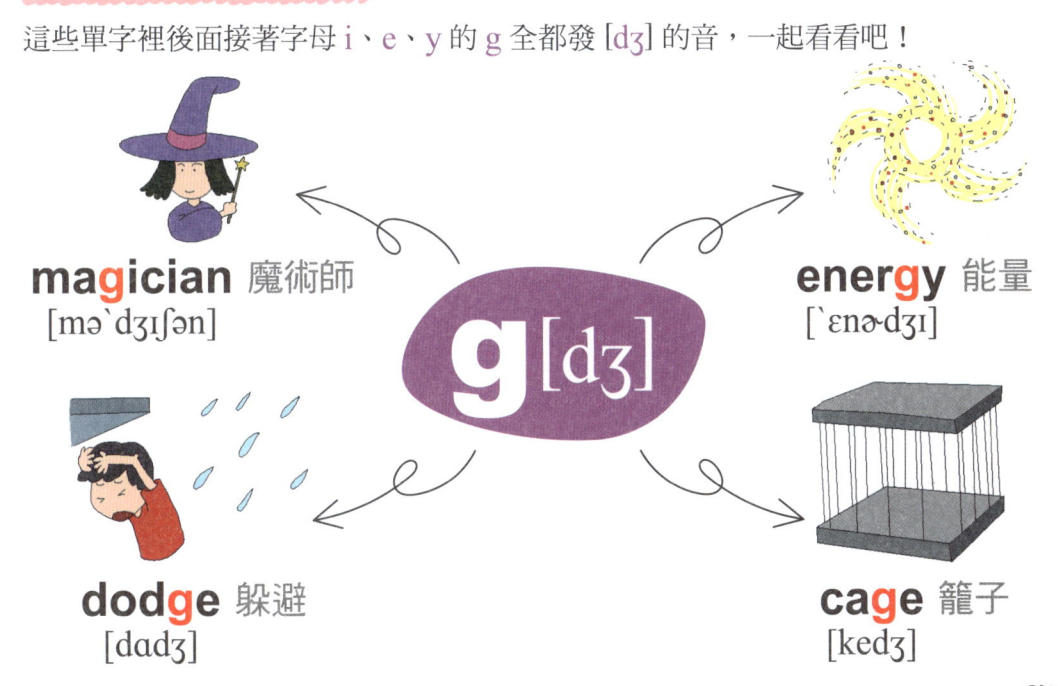

47

LESSON 20
h [h]

記憶口訣

喝到熱水 "h h h"

發音律動操 FILM20

發音規則

子音 h 通常都唸成 [h]。

故事記憶

h 小弟最愛『喝』玉米濃湯，所以唸成 [h]。

喝到熱水 "h h h"

發音口訣 20.mp3

聽 RAP 記發音

一邊聽 rap、一邊跟著唸，就可以輕鬆記住 [h] 的發音喔！

1		hippo 河馬 h, h, h...i, i, i...h-i...hippo
2		horse 馬 h, h, h...or, or, or...h-or...horse
3		hat 帽子 h, h, h...a, a, a...h-a...hat
4		hot 熱的 h, h, h...o, o, o...h-o...hot

動手寫寫看

請把單字用手寫體正確寫在格線裡,一邊寫一邊跟著音檔開口唸唸看!

hippo
[ˋhɪpo]
河馬

hippo hippo hippo

horse
[hɔrs]
馬

horse horse horse

hat
[hæt]
帽子

hat hat hat

hot
[hɑt]
熱的

hot hot hot

一口氣學會更多單字!

這些單字裡的 h 全都發 [h] 的音,一起看看吧!

h [h]

hen 母雞
[hɛn]

hop 跳躍
[hɑp]

hill 小山丘
[hɪl]

hand 手
[hænd]

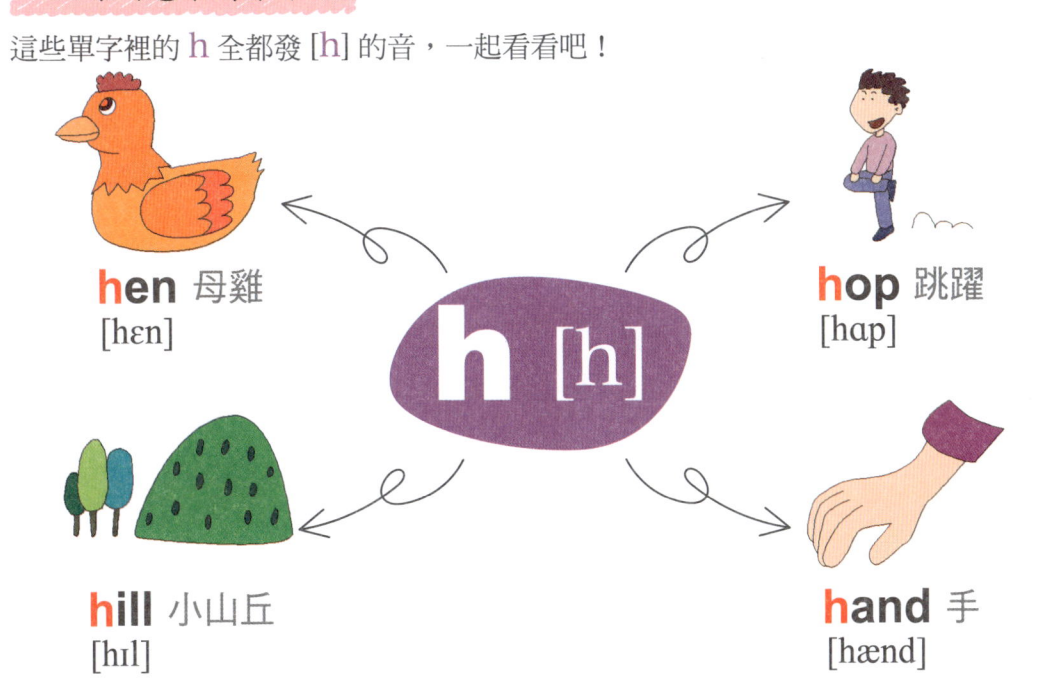

49

LESSON 21

i [I]

記憶口訣
PIG 吃飯比賽得第一"ＩＩＩ"

發音律動操 FILM21

發音規則
母音 i 在兩個子音中間，唸成短音的 [I]。

故事記憶
i 媽媽的兩個兒子都在當兵，每天都要唸口號『1、1、1-2-1』，所以唸 [I]。

PIG 吃飯比賽得第一"ＩＩＩ"

發音口訣 21.mp3

聽RAP記發音
一邊聽 rap、一邊跟著唸，就可以輕鬆記住 [I] 的發音喔！

1	 sick 生病的 s, s, s...i, i, i...s-i...sick
2	 fish 魚 f, f, f...i, i, i...f-i...fish
3	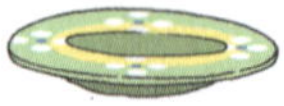 dish 盤子 d, d, d...i, i, i...d-i...dish
4	 mix 混合 m, m, m...i, i, i...m-i...mix

50

動手寫寫看

請把單字用手寫體正確寫在格線裡,一邊寫一邊跟著音檔開口唸唸看!

sick
[sɪk]
生病的

sick sick sick

fish
[fɪʃ]
魚

fish fish fish

dish
[dɪʃ]
盤子

dish dish dish

mix
[mɪks]
混合

mix mix mix

一口氣學會更多單字!

這些單字裡的 i 全都發 [ɪ] 的音,一起看看吧!

bill 帳單
[bɪl]

bin 桶子
[bɪn]

i [ɪ]

fill 填充
[fɪl]

lift 舉起
[lɪft]

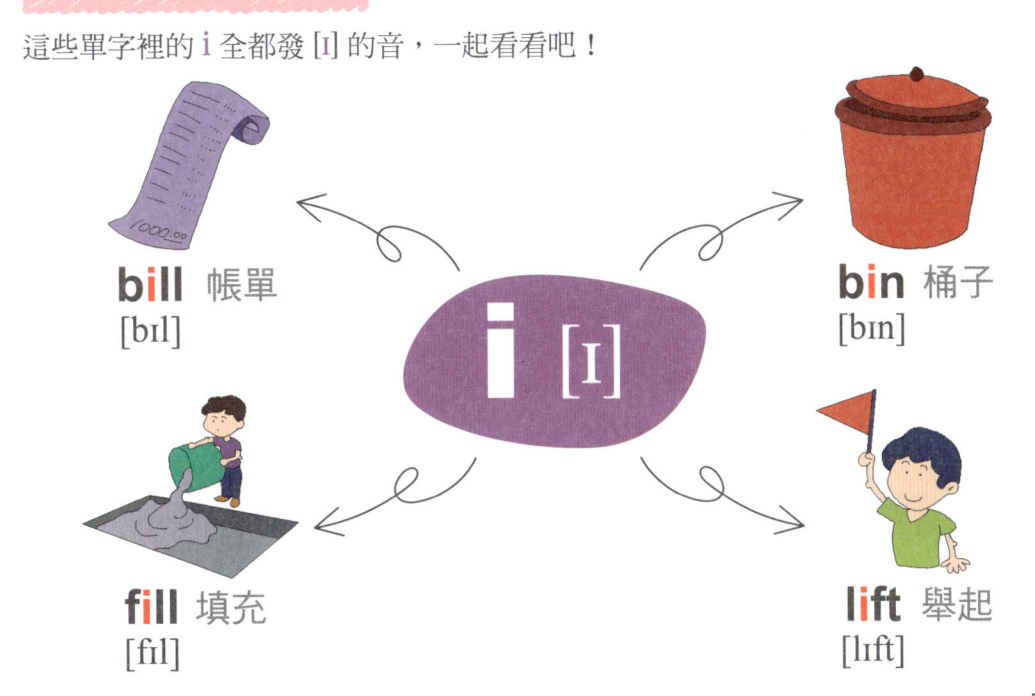

51

LESSON 22

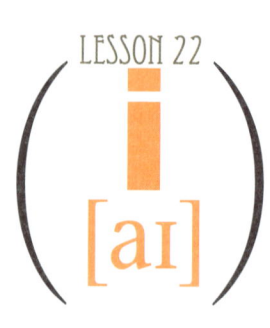

i [aɪ]

記憶口訣

放風箏 fly a kite
飛走了 哎 "aɪ aɪ"

發音律動操
FILM22

發音規則

「母音 i + 子音 + 字尾 e」，i 唸成原母音的 [aɪ]，字尾 e 則不發音。

故事記憶

公車好擠喔！有個小孩子被擠在 i 媽媽和 e 媽媽中間，「哎」呀～頭都昏了，所以唸 [aɪ]。

放風箏 fly a kite
飛走了 哎 "aɪ aɪ"

發音口訣
22.mp3

聽 RAP 記發音

一邊聽 rap、一邊跟著唸，就可以輕鬆記住 [aɪ] 的發音喔！

1		bite 咬 b, b, b...i, i, i...b-i...bite
2		kite 風箏 k, k, k...i, i, i...k-i...kite
3		tire 輪胎 t, t, t...i, i, i...t-i...tire
4		bike 腳踏車 b, b, b...i, i, i...b-i...bike

52

動手寫寫看

請把單字用手寫體正確寫在格線裡,一邊寫一邊跟著音檔開口唸唸看!

bite
[baɪt]
咬

bite bite bite

kite
[kaɪt]
風箏

kite kite kite

tire
[taɪr]
輪胎

tire tire tire

bike
[baɪk]
腳踏車

bike bike bike

一口氣學會更多單字!

這些單字裡的 i 全都發 [aɪ] 的音,一起看看吧!

like 喜歡
[laɪk]

ride 騎乘
[raɪd]

i [aɪ]

line 直線
[laɪn]

smile 微笑
[smaɪl]

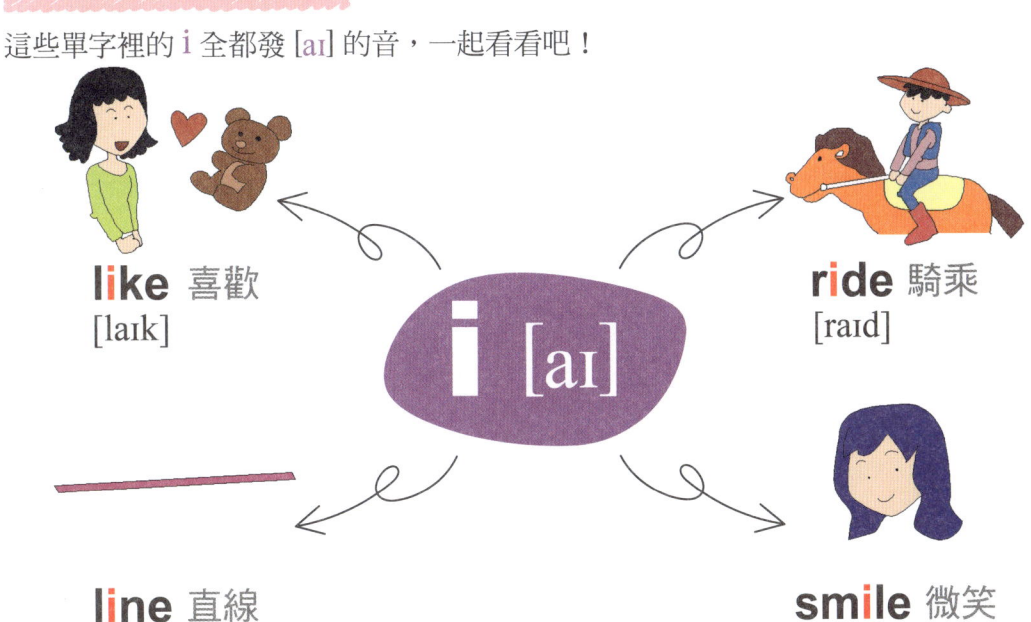

53

LESSON 23

ir [ɝ]

記憶口訣

小鳥兒
舌頭捲起來 "ɝ ɝ ɝ"

發音律動操
FILM23

發音規則

母音 i 和子音 r 合在一起出現的時候，唸成 [ɝ]。

故事記憶

i 媽媽和 r 小妹一起唱『兒』歌，所以 ir 唸 [ɝ]。

我是 Bird，我是小鳥兒。

小鳥兒　舌頭捲起來 "ɝ ɝ ɝ"

發音口訣
23.mp3

聽 RAP 記發音

一邊聽 rap、一邊跟著唸，就可以輕鬆記住 [ɝ] 的發音喔！

1	 bird 鳥 b, b, b...ir, ir, ir...b-ir...bird
2	 girl 女孩 g, g, g...ir, ir, ir...g-ir...girl
3	 shirt 襯衫 sh, sh, sh...ir, ir, ir...sh-ir...shirt
4	 first 第一 f, f, f...ir, ir, ir...f-ir...first

54

動手寫寫看

請把單字用手寫體正確寫在格線裡,一邊寫一邊跟著音檔開口唸唸看!

bird
[bɝd]
鳥

bird bird bird

girl
[gɝl]
女孩

girl girl girl

shirt
[ʃɝt]
襯衫

shirt shirt shirt

first
[fɝst]
第一

first first first

一口氣學會更多單字!

這些單字裡的 ir 全都發 [ɝ] 的音,一起看看吧!

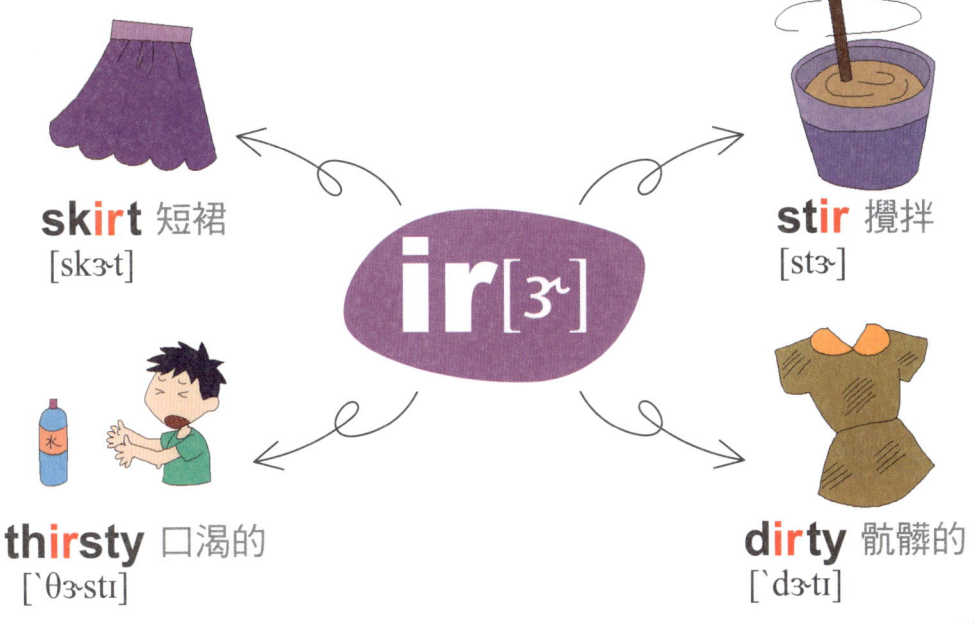

ir [ɝ]

skirt 短裙
[skɝt]

stir 攪拌
[stɝ]

thirsty 口渴的
[ˋθɝstɪ]

dirty 骯髒的
[ˋdɝtɪ]

55

LESSON 24
j [dʒ]

記憶口訣

J 小弟 擠牛奶
"dʒ dʒ dʒ"

發音律動操
FILM24

發音規則

子音 j 不論出現在哪裡，都唸成 [dʒ]。

故事記憶

j 小弟搭噴射『機』到處去旅行，所以 j 不管出現在哪裡都唸 [dʒ]。

J 小弟 擠牛奶 "dʒ dʒ dʒ"

發音口訣
24.mp3

聽RAP記發音

一邊聽 rap、一邊跟著唸，就可以輕鬆記住 [dʒ] 的發音喔！

1. **jeans** 牛仔褲 j, j, j...ea, ea, ea...j-ea...jeans
2. **jam** 果醬 j, j, j...a, a, a...j-a...jam
3. **jacket** 夾克 j, j, j...a, a, a...j-a...jacket
4. **jet** 噴射機 j, j, j...e, e, e...j-e...jet

56

動手寫寫看

請把單字用手寫體正確寫在格線裡,一邊寫一邊跟著音檔開口唸唸看!

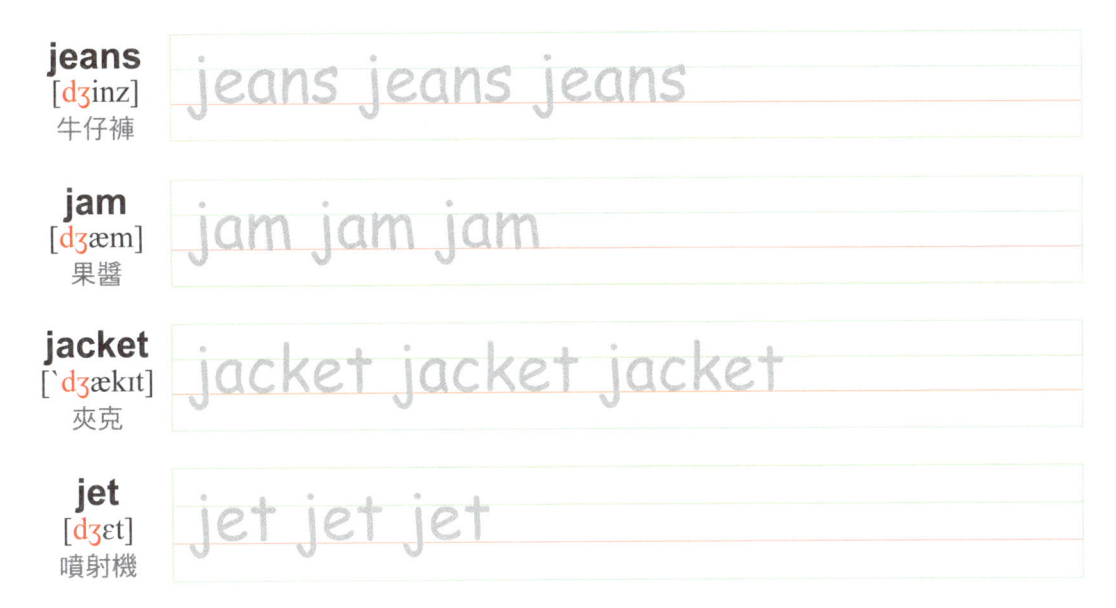

jeans
[dʒinz]
牛仔褲

jeans jeans jeans

jam
[dʒæm]
果醬

jam jam jam

jacket
[ˋdʒækɪt]
夾克

jacket jacket jacket

jet
[dʒɛt]
噴射機

jet jet jet

一口氣學會更多單字!

這些單字裡的 j 全都發 [dʒ] 的音,一起看看吧!

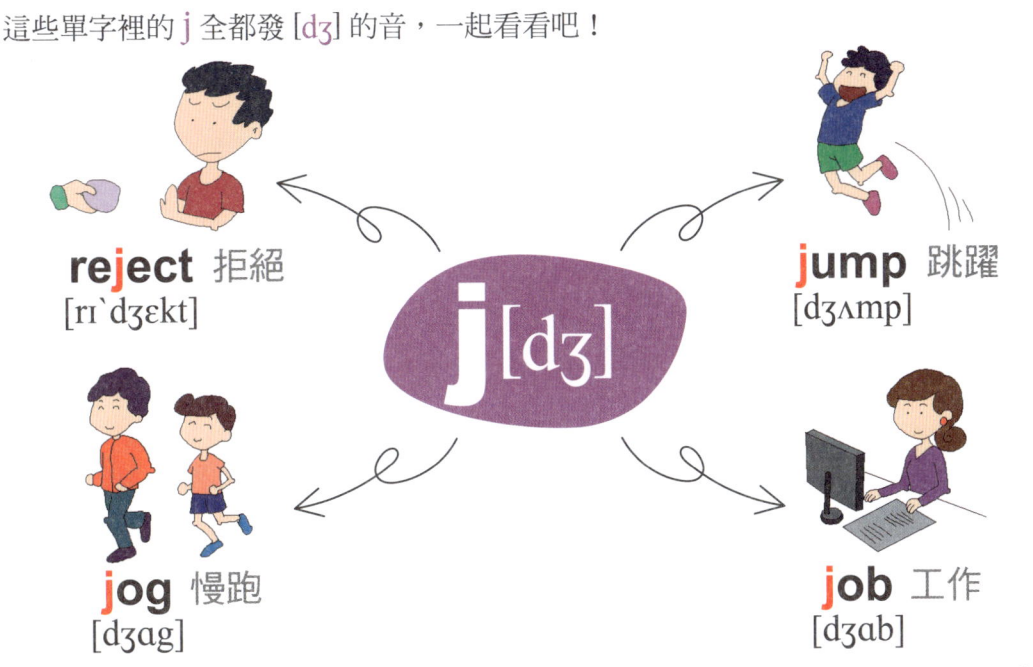

reject 拒絕
[rɪˋdʒɛkt]

jump 跳躍
[dʒʌmp]

j [dʒ]

jog 慢跑
[dʒɑg]

job 工作
[dʒɑb]

57

LESSON 25

k [k]

記憶口訣

咳嗽的咳 "k k k"

發音律動操
FILM25

發音規則

子音 k 不論出現在哪裡，都唸成 [k]。

故事記憶

k 小弟身體不好，一天到晚『咳』不停，所以 k 不管出現在哪裡都唸 [k]。

咳嗽的咳 "k k k"

發音口訣
25.mp3

聽RAP記發音 一邊聽 rap、一邊跟著唸，就可以輕鬆記住 [k] 的發音喔！

1	 key 鑰匙 k, k, k...ey, ey, ey...k-ey...key
2	 bike 腳踏車 k, k, k...k, k, k...b-i...bike
3	 milk 牛奶 k, k, k...k, k, k...m-i...milk
4	 pork 豬肉 k, k, k...k, k, k...p-or...pork

動手寫寫看

請把單字用手寫體正確寫在格線裡,一邊寫一邊跟著音檔開口唸唸看!

key
[ki]
鑰匙

key key key

bike
[baɪk]
腳踏車

bike bike bike

milk
[mɪlk]
牛奶

milk milk milk

pork
[pork]
豬肉

pork pork pork

一口氣學會更多單字!

這些單字裡的 k 全都發 [k] 的音,一起看看吧!

k [k]

monkey 猴子
[ˋmʌŋkɪ]

ask 詢問
[æsk]

shark 鯊魚
[ˋʃɑrk]

donkey 驢子
[ˋdɑŋkɪ]

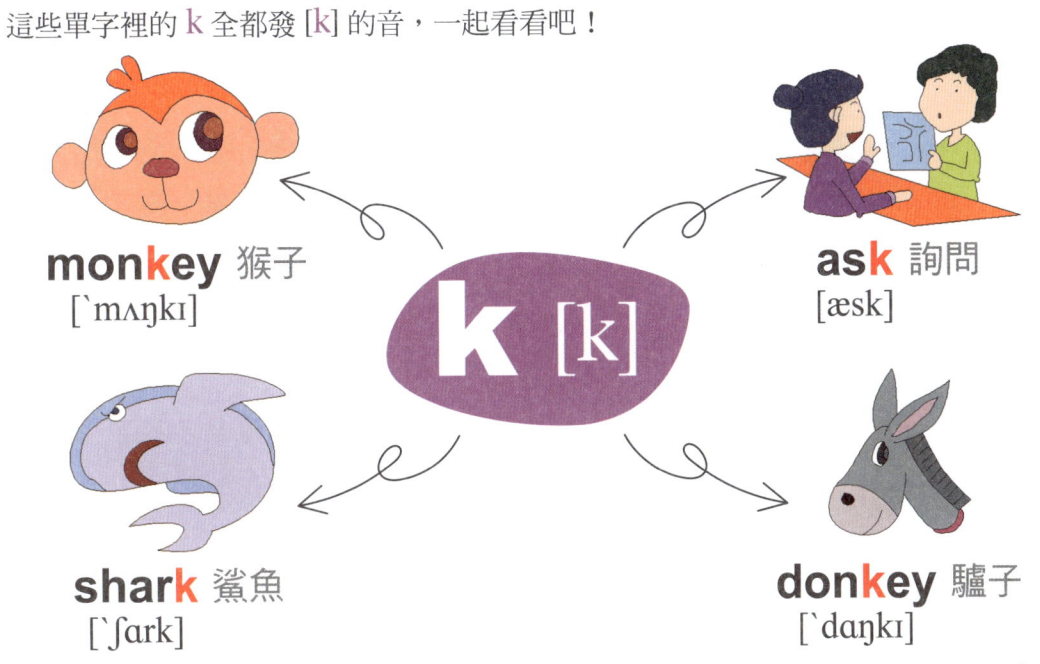

59

LESSON 26

(l) [l]

記憶口訣
雷公生氣了
打雷了 "lll"

發音律動操
FILM26

發音規則
子音 l 出現在母音前面的時候，都唸成 [l]。

故事記憶
l 小弟跑在媽媽前面，真『厲』害，所以 l 出現在母音前面都唸 [l]。

雷公生氣了　打雷了 "lll"

發音口訣
26.mp3

聽RAP記發音
一邊聽 rap、一邊跟著唸，就可以輕鬆記住 [l] 的發音喔！

1		love 愛 l, l, l...o, o, o...l-o...love
2		look 注視 l, l, l...oo, oo, oo...l-oo...look
3		lion 獅子 l, l, l...i, i, i...l-i...lion
4	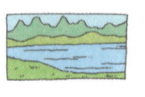	lake 湖泊 l, l, l...a, a, a...l-a...lake

動手寫寫看

請把單字用手寫體正確寫在格線裡,一邊寫一邊跟著音檔開口唸唸看!

love
[lʌv]
愛

love love love

look
[lʊk]
注視

look look look

lion
[ˋlaɪən]
獅子

lion lion lion

lake
[lek]
湖泊

lake lake lake

一口氣學會更多單字!

這些單字裡的 l 全都發 [l] 的音,一起看看吧!

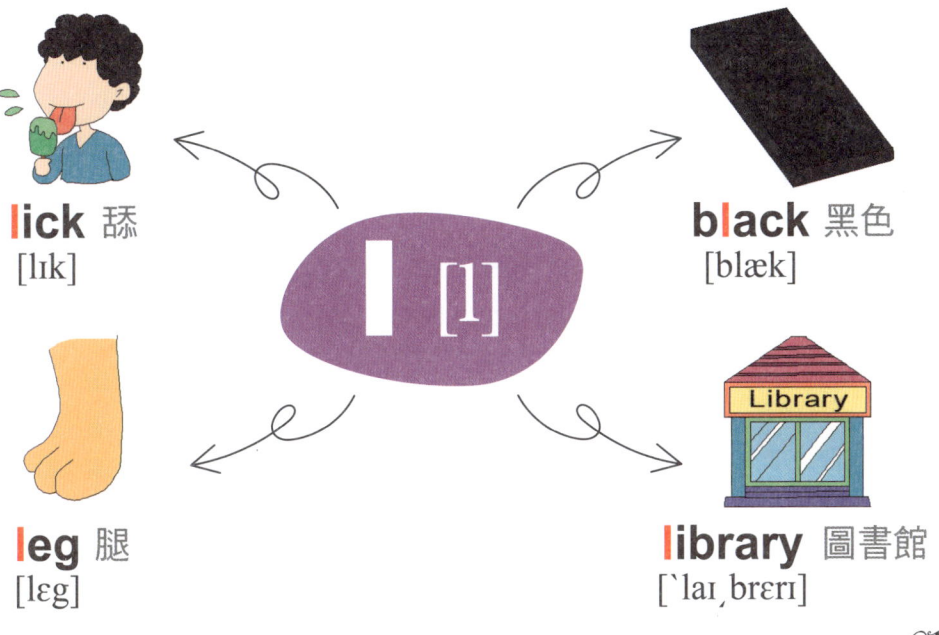

lick 舔
[lɪk]

black 黑色
[blæk]

l [l]

leg 腿
[lɛg]

library 圖書館
[ˋlaɪˌbrɛrɪ]

61

LESSON 27

(l) [l]

記憶口訣

游泳池 pool pool "l l l"

發音律動操
FILM27

發音規則

子音 l 出現在母音後面的時候，都唸成 [l]。

故事記憶

l 小弟跑在媽媽後面，跌了一跤，痛的唉『喔』唉『喔』叫，所以 l 出現在母音後面都唸 [l]。

游泳池 pool   pool "l l l"

發音口訣
27.mp3

聽 RAP 記發音 一邊聽 rap、一邊跟著唸，就可以輕鬆記住 [l] 的發音喔！

1	 fall 掉落 f, f, f ...all, all, all ...f-all...fall
2	 bowl 碗 b, b, b...owl, owl, owl...b-owl...bowl
3	 apple 蘋果 p, p, p...l, l, l...p-l...apple
4	 table 餐桌 b, b, b...l, l, l...b-l...table

動手寫寫看

請把單字用手寫體正確寫在格線裡,一邊寫一邊跟著音檔開口唸唸看!

fall
[fɔl]
掉落

fall fall fall

bowl
[bol]
碗

bowl bowl bowl

apple
[ˋæpəl]
蘋果

apple apple apple

table
[ˋtebəl]
餐桌

table table table

一口氣學會更多單字!

這些單字裡的 l 全都發 [l] 的音,一起看看吧!

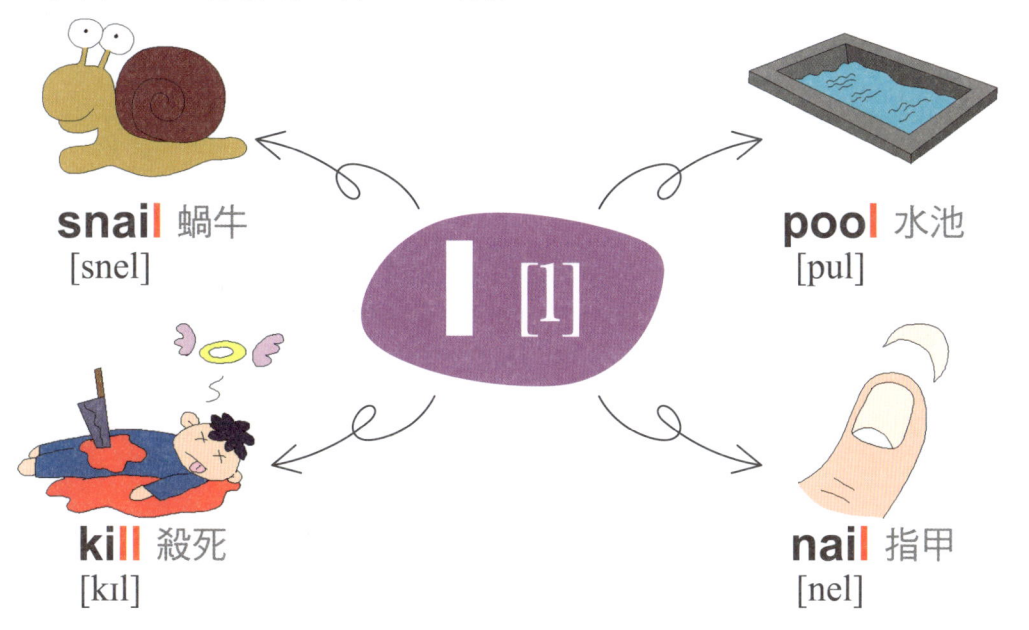

snail 蝸牛
[snel]

pool 水池
[pul]

l [l]

kill 殺死
[kɪl]

nail 指甲
[nel]

63

LESSON 28
m
[m]

記憶口訣

為什麼？
"m m m"

FILM28

發音規則

子音 m 出現在母音的前面時，唸成 [m]。

故事記憶

m 小弟跑到媽媽面前，問：「為什『麼』？」，所以子音 m 出現在母音前面都唸 [m]。

為什麼？ "m m m"

28.mp3

聽 RAP 記發音

一邊聽 rap、一邊跟著唸，就可以輕鬆記住 [m] 的發音喔！

1	 map 地圖 m, m, m...a, a, a...m-a...map
2	 mat 地墊 m, m, m...a, a, a...m-a...mat
3	 mouse 老鼠 m, m, m...ou, ou, ou...m-ou...mouse
4	 money 錢 m, m, m...o, o, o...m-o...money

動手寫寫看

請把單字用手寫體正確寫在格線裡,一邊寫一邊跟著音檔開口唸唸看!

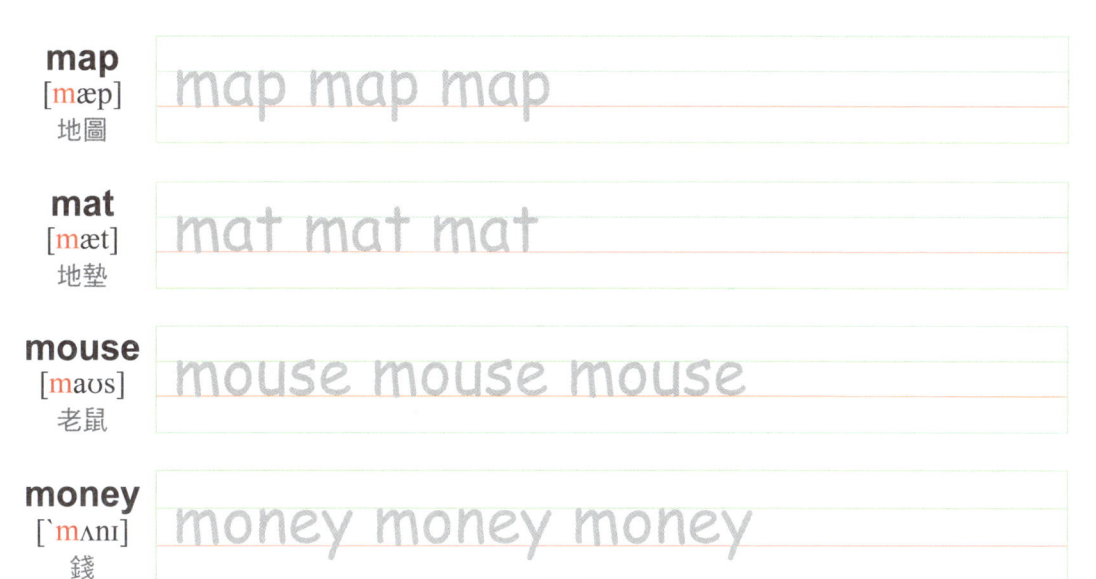

map
[mæp]
地圖

map map map

mat
[mæt]
地墊

mat mat mat

mouse
[maʊs]
老鼠

mouse mouse mouse

money
[ˋmʌnɪ]
錢

money money money

一口氣學會更多單字!

這些單字裡的 m 全都發 [m] 的音,一起看看吧!

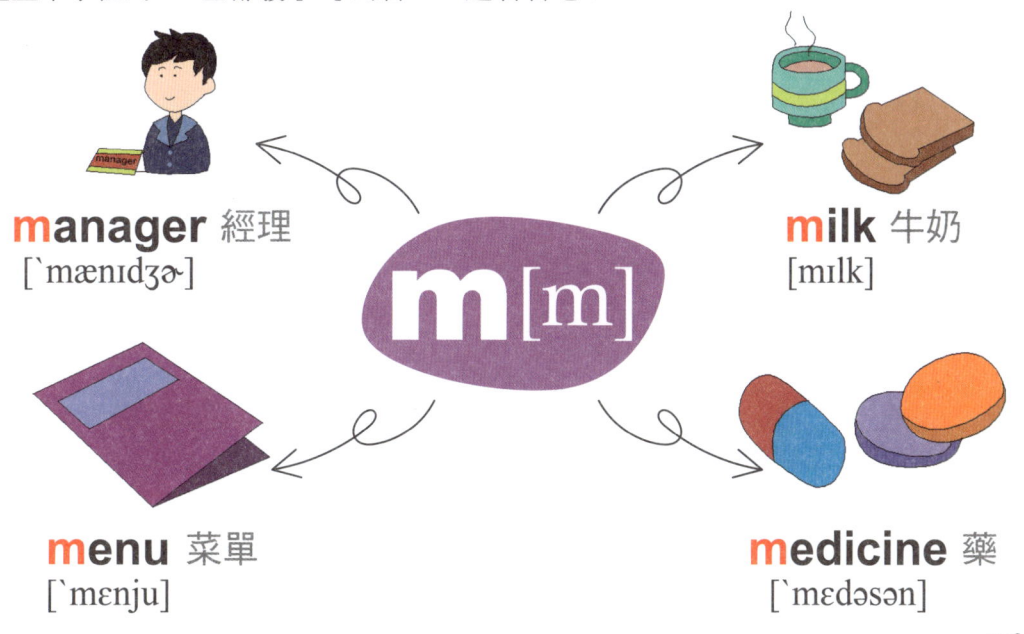

manager 經理
[ˋmænɪdʒɚ]

milk 牛奶
[mɪlk]

m[m]

menu 菜單
[ˋmɛnju]

medicine 藥
[ˋmɛdəsən]

65

LESSON 29

m [m]

記憶口訣

火腿好好吃
好好吃 "m m m"

發音律動操
FILM29

發音規則

子音 m 出現在母音的後面時，唸成 [m]。

故事記憶

媽媽給 m 小弟吃火腿（ham），[mmm]，所以子音 m 出現在母音後面都唸成 [m]。

ham好吃

火腿好好吃　好好吃 "m m m"

發音口訣
29.mp3

聽 RAP 記發音

一邊聽 rap、一邊跟著唸，就可以輕鬆記住 [m] 的發音喔！

1	clam 蛤蜊 cl, cl, cl...am, am, am...cl-am...clam
2	room 房間 r, r, r...oom, oom, oom...r-oom...room
3	palm 掌心 p, p, p...alm, alm, alm, ...p-alm...palm
4	ham 火腿 h, h, h...am, am, am...h-am...ham

動手寫寫看

請把單字用手寫體正確寫在格線裡,一邊寫一邊跟著音檔開口唸唸看!

clam
[klæm]
蛤蜊

clam clam clam

room
[rum]
房間

room room room

palm
[pɑm]
掌心

palm palm palm

ham
[hæm]
火腿

ham ham ham

一口氣學會更多單字!

這些單字裡的 m 全都發 [m] 的音,一起看看吧!

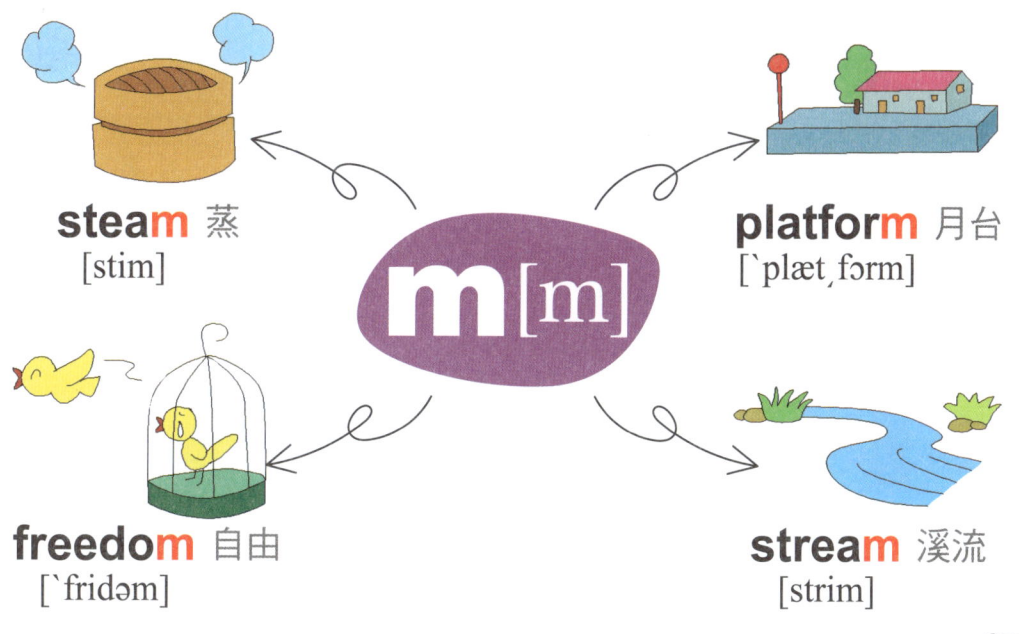

steam 蒸
[stim]

platform 月台
[`plæt‚fɔrm]

m [m]

freedom 自由
[`fridəm]

stream 溪流
[strim]

67

LESSON 30

n [n]

記憶口訣

你的呢？
我的呢？ "n n n"

發音律動操
FILM30

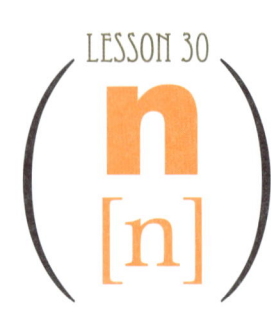

發音規則

子音 n 出現在母音的前面時，唸成 [n]。

故事記憶

n 小弟走到媽媽面前，問：「爸爸怎麼還沒回家『呢』？」，所以子音 n 在母音前面都唸成 [n]。

你的呢？
我的呢？
她的呢？
他的呢？
他們的呢？

你的呢？我的呢？ "n n n"

發音口訣
30.mp3

聽 RAP 記發音 ——一邊聽 rap、一邊跟著唸，就可以輕鬆記住 [n] 的發音喔！

1		nurse 護理師 n, n, n...ur, ur, ur...n-ur...nurse
2		net 網子 n, n, n...e, e, e...n-e...net
3	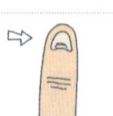	nail 指甲 n, n, n...ail, ail, ail...n-ail...nail
4		nest 巢穴 n, n, n...e, e, e...n-e...nest

動手寫寫看

請把單字用手寫體正確寫在格線裡,一邊寫一邊跟著音檔開口唸唸看!

nurse
[nɝs]
護理師

nurse nurse nurse

net
[nɛt]
網子

net net net

nail
[nel]
指甲

nail nail nail

nest
[nɛst]
巢穴

nest nest nest

一口氣學會更多單字!

這些單字裡的 n 全都發 [n] 的音,一起看看吧!

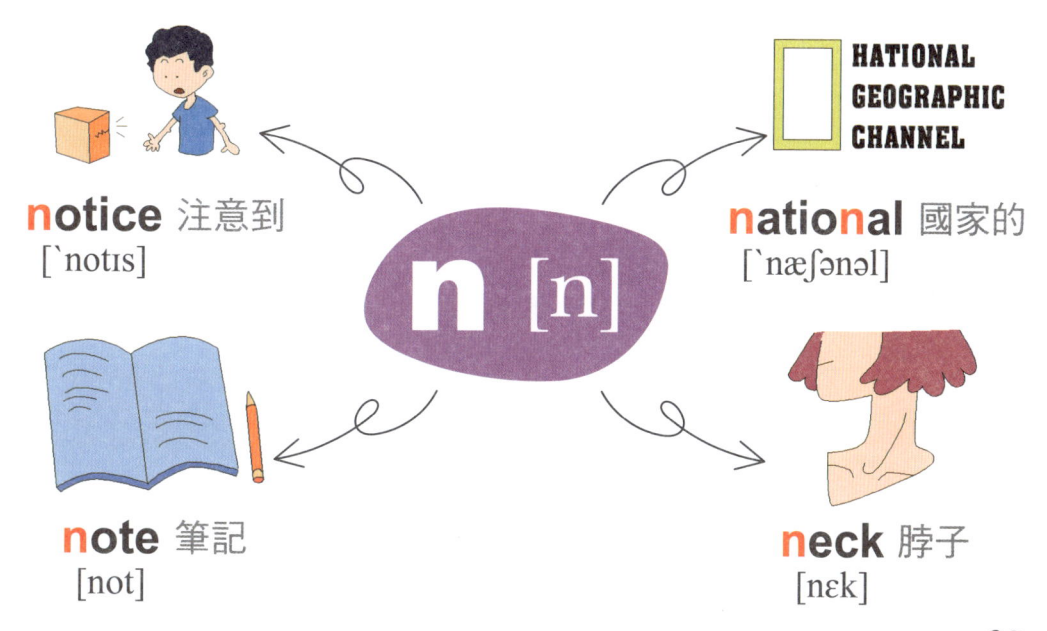

notice 注意到
[`notɪs]

national 國家的
[`næʃənəl]

n [n]

note 筆記
[not]

neck 脖子
[nɛk]

LESSON 31

n [n]

記憶口訣

好呀好呀
嗯嗯嗯 "n n n"

發音律動操
FILM31

發音規則

子音 n 出現在母音的後面時，唸成 [n]。

故事記憶

火車過山洞，黑漆漆的，媽媽問 n 小弟，你會怕嗎？n 小弟說：「嗯嗯嗯 [nnn]」。

好呀好呀　嗯嗯嗯 "n n n"

發音口訣
31.mp3

聽 RAP 記發音

一邊聽 rap、一邊跟著唸，就可以輕鬆記住 [n] 的發音喔！

1		can 罐頭 c, c, c...an, an, an...c-an...can
2		fan 風扇 f, f, f...an, an, an...f-an...fan
3		pan 平底鍋 p, p, p...an, an, an...p-an...pan
4		sun 太陽 s, s, s...un, un, un...s-un...sun

動手寫寫看

請把單字用手寫體正確寫在格線裡,一邊寫一邊跟著音檔開口唸唸看!

can
[kæn]
罐頭

can can can

fan
[fæn]
風扇

fan fan fan

pan
[pæn]
平底鍋

pan pan pan

sun
[sʌn]
太陽

sun sun sun

一口氣學會更多單字!

這些單字裡在母音後面的 n 全都發 [n] 的音,一起看看吧!

n [n]

engineer 工程師
[ˌɛndʒəˋnɪr]

candle 蠟燭
[ˋkændəl]

engine 引擎
[ˋɛndʒən]

soybean 黃豆
[ˋsɔɪˌbin]

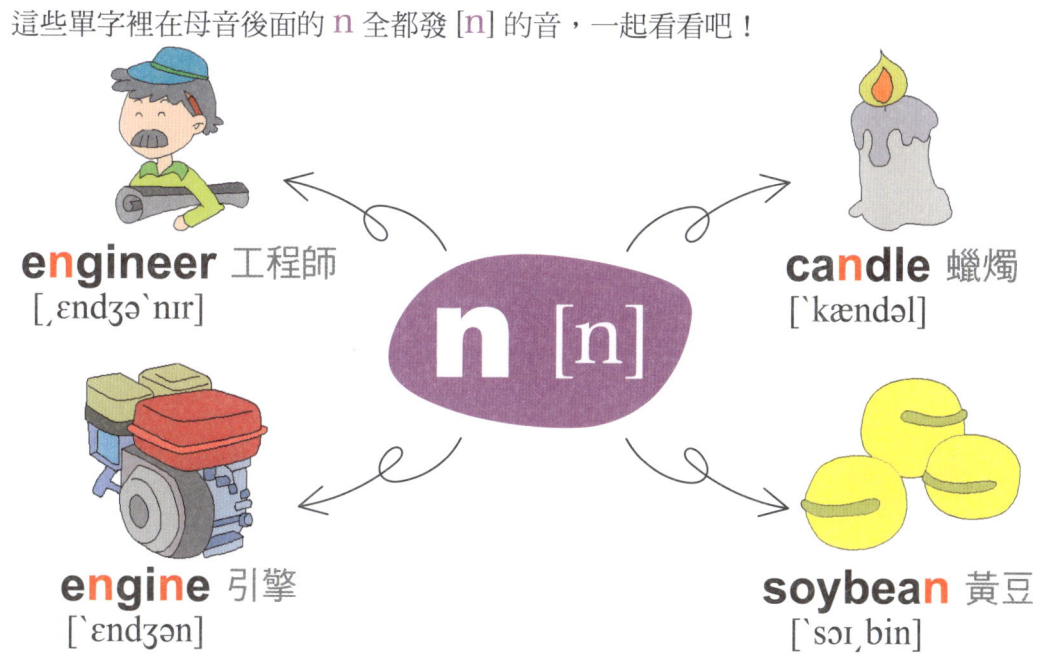

71

LESSON 32
ng [ŋ]

記憶口訣

好臭啊！好臭啊！
是誰在 "ŋŋ"

發音規則

子音 n 和子音 g 合在一起出現的時候，唸成 [ŋ]。

故事記憶

n 小弟和 g 小弟一起去東『京』（ㄥ），所以子音 n 和子音 g 在一起都唸 [ŋ]。

怎麼那麼臭啦！
是烏龜在大大啦！

好臭啊！好臭啊！是誰在 "ŋŋ"

聽 RAP 記發音

一邊聽 rap、一邊跟著唸，就可以輕鬆記住 [ŋ] 的發音喔！

1	 sing 唱歌 s, s, s…ing, ing, ing…s-ing…sing
2	 swing 鞦韆 sw, sw, sw…ing, ing, ing…sw-ing…swing
3	 king 國王 k, k, k…ing, ing, ing…k-ing…king
4	 strong 強壯的 str, str, str…ong, ong, ong…str-ong…strong

動手寫寫看

請把單字用手寫體正確寫在格線裡，一邊寫一邊跟著音檔開口唸唸看！

sing
[sɪŋ]
唱歌

sing sing sing

swing
[swɪŋ]
鞦韆

swing swing swing

king
[kɪŋ]
國王

king king king

strong
[strɔŋ]
強壯的

strong strong strong

一口氣學會更多單字！

這些單字裡的 ng 全都發 [ŋ] 的音，一起看看吧！

ring 戒指
[rɪŋ]

hang 懸掛
[hæŋ]

ng [ŋ]

ceiling 天花板
[ˋsilɪŋ]

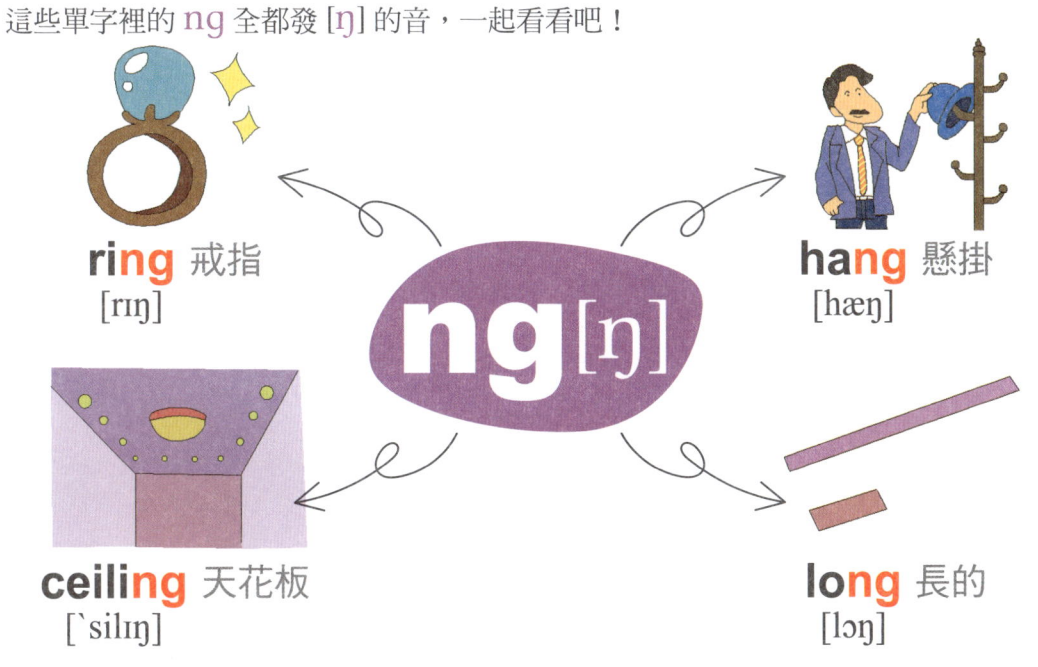

long 長的
[lɔŋ]

LESSON 33

o [a]

記憶口訣

阿婆的ㄚ "aaa"

發音律動操
FILM33

發音規則

母音 o 在兩個子音中間，或是母音 o 做為單字開頭的時候，大多都唸成短音的 [a]。

故事記憶

公車好擠『阿』！o 媽媽站在前面，被夾在兩個小孩中間，所以母音 o 在兩個子音中間，或是母音 o 做為單字開頭的時候，唸 [a]。

阿婆的ㄚ "aaa"

發音口訣
33.mp3

聽 RAP 記發音 　一邊聽 rap、一邊跟著唸，就可以輕鬆記住 [a] 的發音喔！

1		**clock** 時鐘 cl, cl, cl...o, o, o...cl-o...clock
2		**octopus** 章魚 o, o, o...c, c, c...o-c...octopus
3		**fox** 狐狸 f, f, f...o, o, o...f-o...fox
4		**doll** 洋娃娃 d, d, d...o, o, o...d-o...doll

動手寫寫看

請把單字用手寫體正確寫在格線裡,一邊寫一邊跟著音檔開口唸唸看!

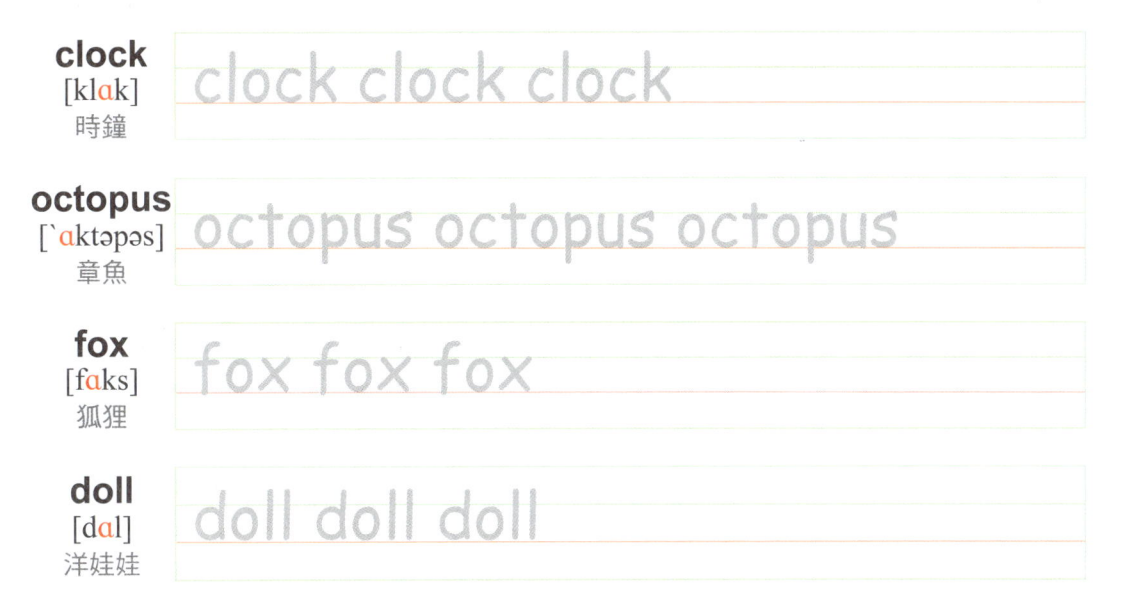

clock
[klɑk]
時鐘

clock clock clock

octopus
[`ɑktəpəs]
章魚

octopus octopus octopus

fox
[fɑks]
狐狸

fox fox fox

doll
[dɑl]
洋娃娃

doll doll doll

一口氣學會更多單字!

這些單字裡的 o 全都發 [ɑ] 的音,一起看看吧!

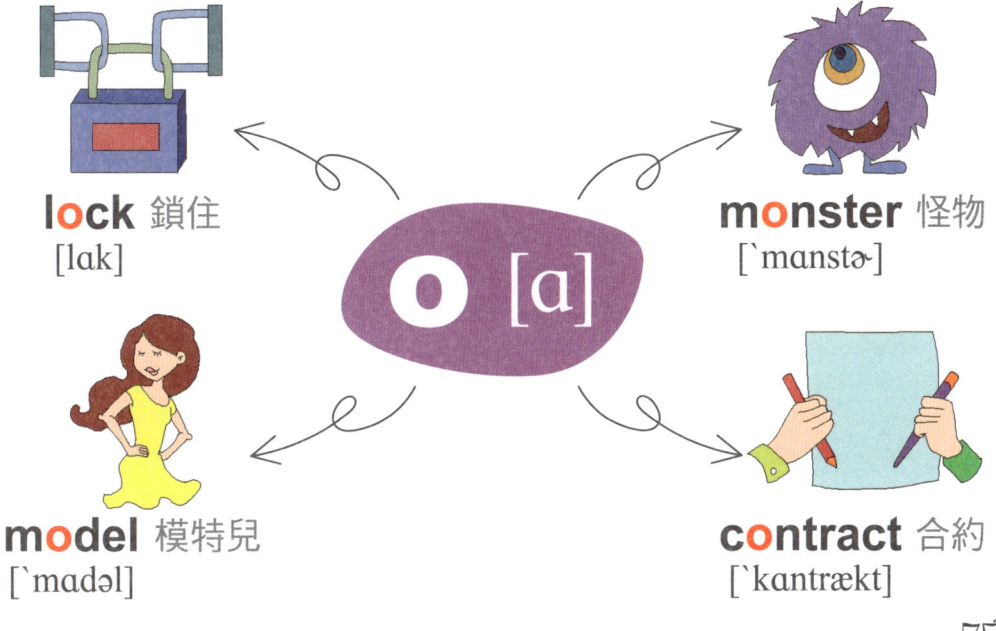

o [ɑ]

lock 鎖住
[lɑk]

monster 怪物
[`mɑnstɚ]

model 模特兒
[`mɑdəl]

contract 合約
[`kɑntrækt]

LESSON 34

O [o]

記憶口訣

海鷗的ㄡ
"o o o"

發音律動操 FILM34

發音規則

oa、ou、oe、oo、「o＋子音 l」、「母音 o＋子音＋字尾 e」、母音 o 開頭或結尾都有可能唸成長音的 [o]。

故事記憶

o 媽媽很長舌，『偶』爾和抱著小孩的 e 媽媽話家常，『偶』爾找其他媽媽串門子，『偶』爾也帶著 l 小弟到街頭巷尾聊八卦。

海鷗的ㄡ "o o o"

發音口訣 34.mp3

聽 RAP 記發音

一邊聽 rap、一邊跟著唸，就可以輕鬆記住 [o] 的發音喔！

1		coat 大衣 c, c, c...oa, oa, oa...c-oa...coat
2		door 門 d, d, d...oo, oo, oo...d-oo...door
3		nose 鼻子 n, n, n...o, o, o...n-o...nose
4		piano 鋼琴 n, n, n...o, o, o...n-o...piano

動手寫寫看

coat
[kot]
大衣

coat coat coat

door
[dor]
門

door door door

nose
[noz]
鼻子

nose nose nose

piano
[pɪ`æno]
鋼琴

piano piano piano

一口氣學會更多單字！

這些單字裡 o 的字母組合全都發 [o] 的音，一起看看吧！

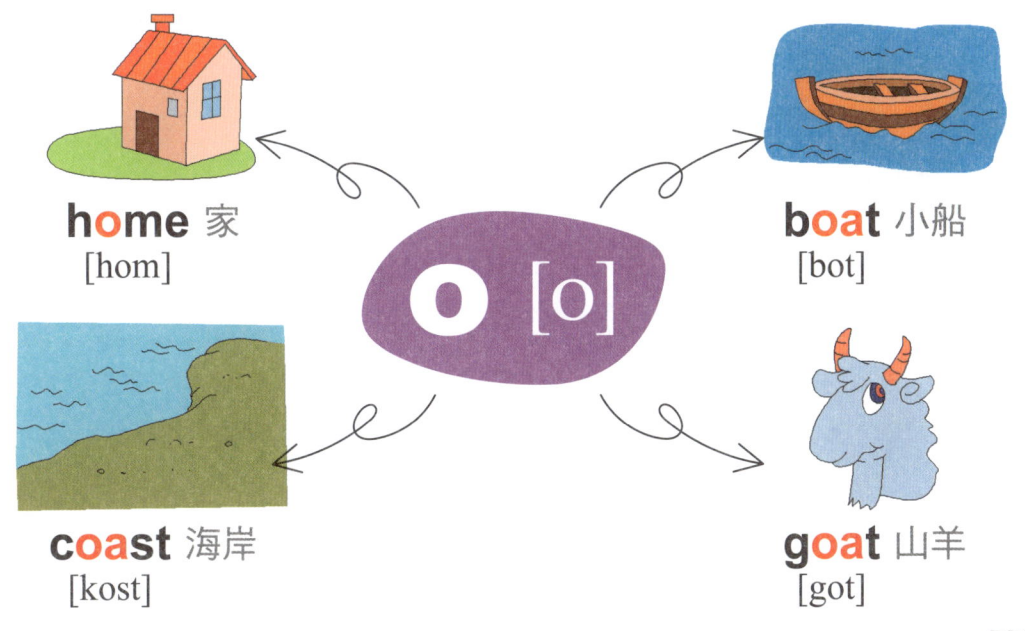

o [o]

ho**me** 家
[hom]

bo**at** 小船
[bot]

co**ast** 海岸
[kost]

go**at** 山羊
[got]

77

LESSON 35

o [ɔ]

記憶口訣

好香ㄛ"ɔɔɔ"

發音律動操
FILM35

發音規則

母音 o 後面跟著子音 r 的時候，o 唸成短音的 [ɔ]。

故事記憶

o 媽媽背著 r 小妹，好重『ㄛ』，所以 o 後面有 r 的時候，o 要唸成 [ɔ]

好香ㄛ"ɔɔɔ"

發音口訣
35.mp3

聽RAP記發音

一邊聽 rap、一邊跟著唸，就可以輕鬆記住 [ɔ] 的發音喔！

1	forest 森林 f, f, f...or, or, or...f-or...forest
2	fork 叉子 f, f, f...or, or, or...f-or...fork
3	torch 火把 t, t, t...or, or, or...t-or...torch
4	cord 線繩 c, c, c...or, or, or...c-or...cord

動手寫寫看

請把單字用手寫體正確寫在格線裡,一邊寫一邊跟著音檔開口唸唸看!

forest
[ˋfɔrɪst]
森林

forest forest forest

fork
[fɔrk]
叉子

fork fork fork

torch
[tɔrtʃ]
火把

torch torch torch

cord
[kɔrd]
線繩

cord cord cord

一口氣學會更多單字!

這些單字裡的 o 全都發 [ɔ]的音,一起看看吧!

corn 玉米
[kɔrn]

formal 正式的
[ˋfɔrməl]

o [ɔ]

storm 風暴
[stɔrm]

corner 角落
[ˋkɔrnɚ]

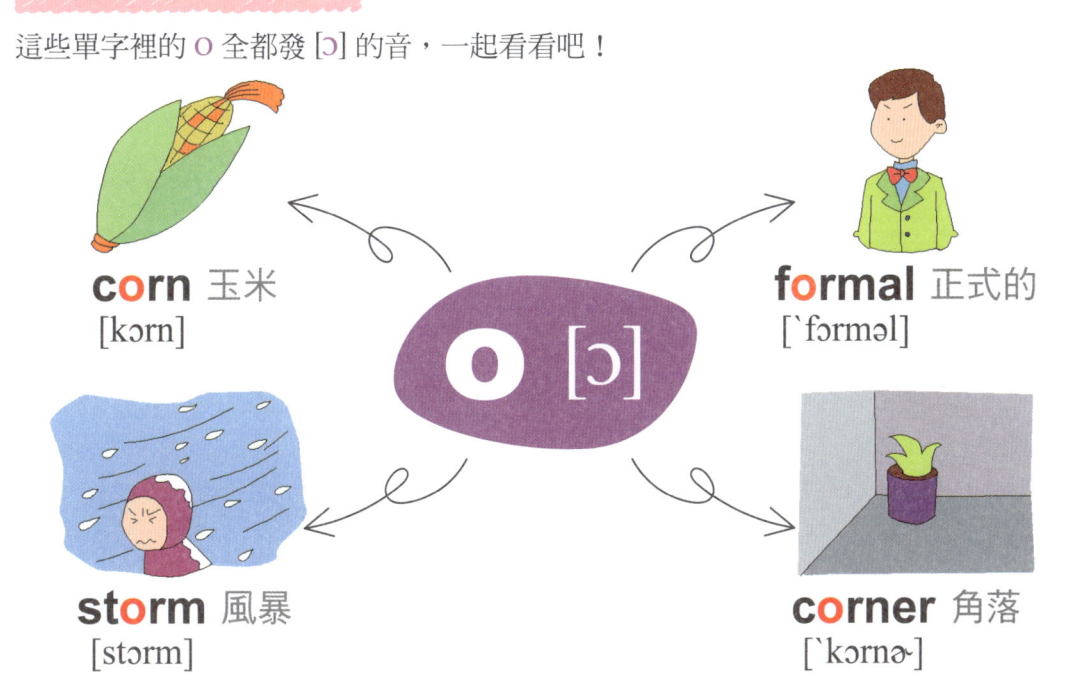

79

LESSON 36

o [ə]

記憶口訣

7點了 肚子好餓 "ə ə ə"

發音律動操 FILM36

發音規則

當母音 o 位於弱音節時，o 唸成 [ə]。

故事記憶

o 媽媽一虛弱，肚子就會『餓』，所以唸成弱音的 [ə]。

好餓哦！快餓昏頭了！

7點了 肚子好餓 "ə ə ə"

發音口訣 36.mp3

聽RAP記發音 一邊聽 rap、一邊跟著唸，就可以輕鬆記住 [ə] 的發音喔！

1	lion 獅子	l, l, l...on, on, on...l-i...lion
2	gorilla 大猩猩	g, g, g...o, o, o...g-o...gorilla
3	parrot 鸚鵡	r, r, r...o, o, o...r-o...parrot
4	potato 馬鈴薯	p, p, p...o, o, o...p-o...potato

動手寫寫看

請把單字用手寫體正確寫在格線裡,一邊寫一邊跟著音檔開口唸唸看!

lion
[`laɪən]
獅子

lion lion lion

gorilla
[gə`rɪlə]
大猩猩

gorilla gorilla gorilla

parrot
[`pærət]
鸚鵡

parrot parrot parrot

potato
[pə`teto]
馬鈴薯

potato potato potato

一口氣學會更多單字!

這些單字裡位於弱音節的 o 全都發 [ə] 的音,一起看看吧!

o [ə]

chocolate 巧克力
[`tʃakəlɪt]

complain 抱怨
[kəm`plen]

collect 收集
[kə`lɛkt]

action 動作
[`ækʃən]

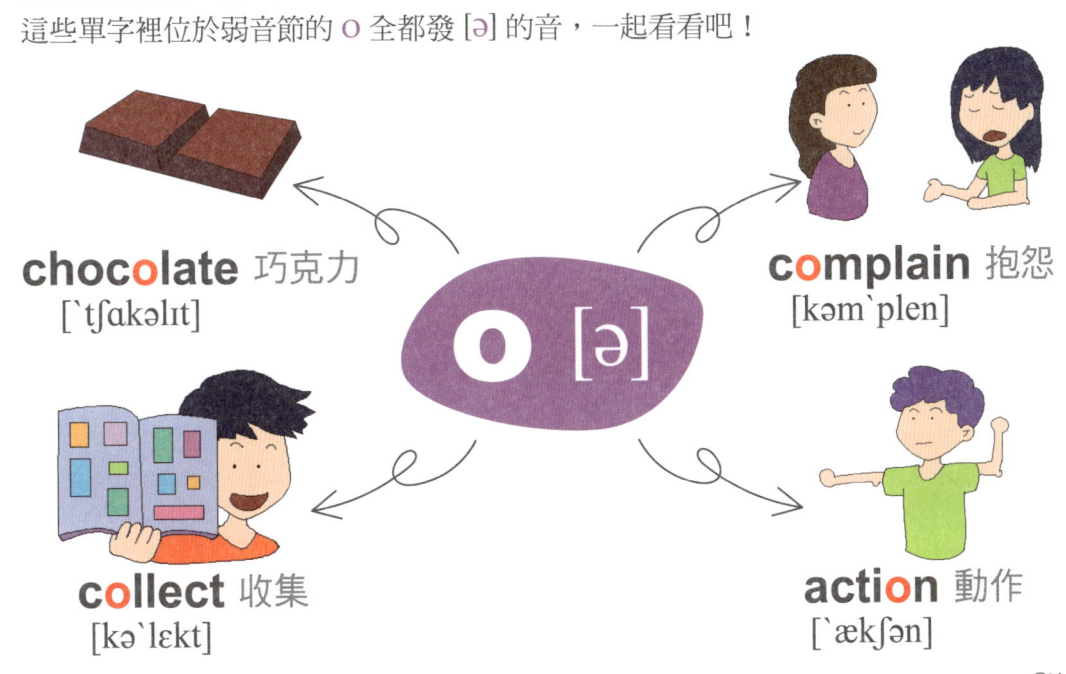

81

LESSON 37

O [ʌ]

記憶口訣

老太婆教英文 "ʌ" ㄛ

發音律動操 FILM37

發音規則
當母音 o 位於重音節時，o 唸成 [ʌ]。

故事記憶
o 媽媽重重地跌了一跤，『ㄚˋ』，疼死人了！所以唸重音的 [ʌ]。

老太婆教英文 "ʌ" ㄛ

發音口訣 37.mp3

聽 RAP 記發音

一邊聽 rap、一邊跟著唸，就可以輕鬆記住 [ʌ] 的發音喔！

1		m**o**ney 錢 m, m, m...on, on, on...m-on...money
2		gl**o**ve 手套 gl, gl, gl...o, o, o...gl-o...glove
3		m**o**nkey 猴子 m, m, m...on, on, on...m-on...monkey
4		**o**nion 洋蔥 o, o, o...on, on, on...on-ion...onion

82

動手寫寫看

請把單字用手寫體正確寫在格線裡,一邊寫一邊跟著音檔開口唸唸看!

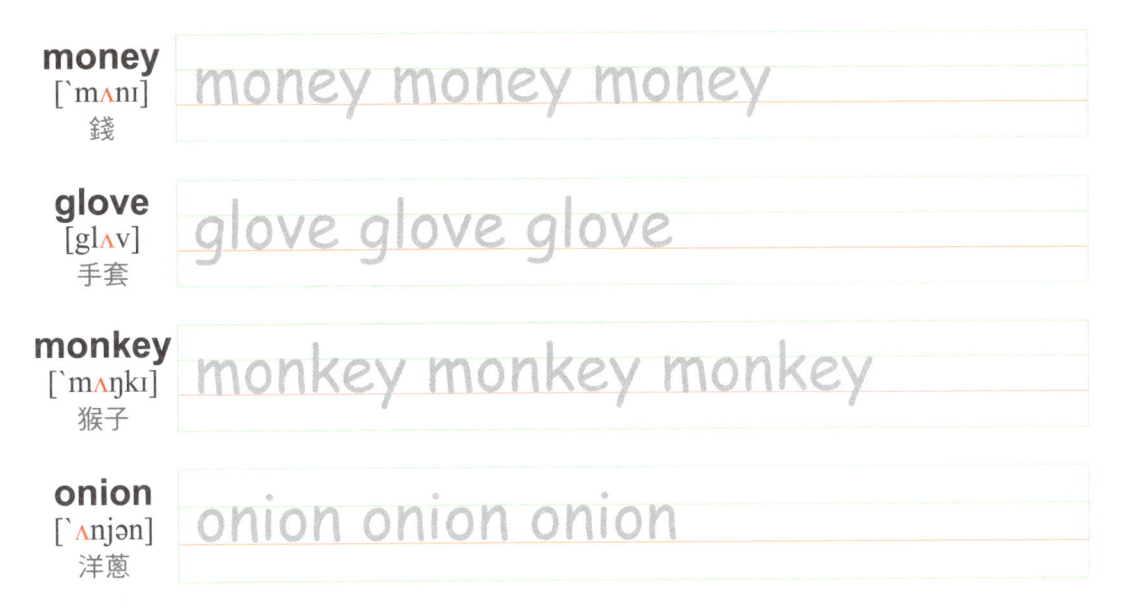

money
[ˋmʌnɪ]
錢

money money money

glove
[glʌv]
手套

glove glove glove

monkey
[ˋmʌŋkɪ]
猴子

monkey monkey monkey

onion
[ˋʌnjən]
洋蔥

onion onion onion

一口氣學會更多單字!

這些單字裡位於重音節的 o 全都發 [ʌ] 的音,一起看看吧!

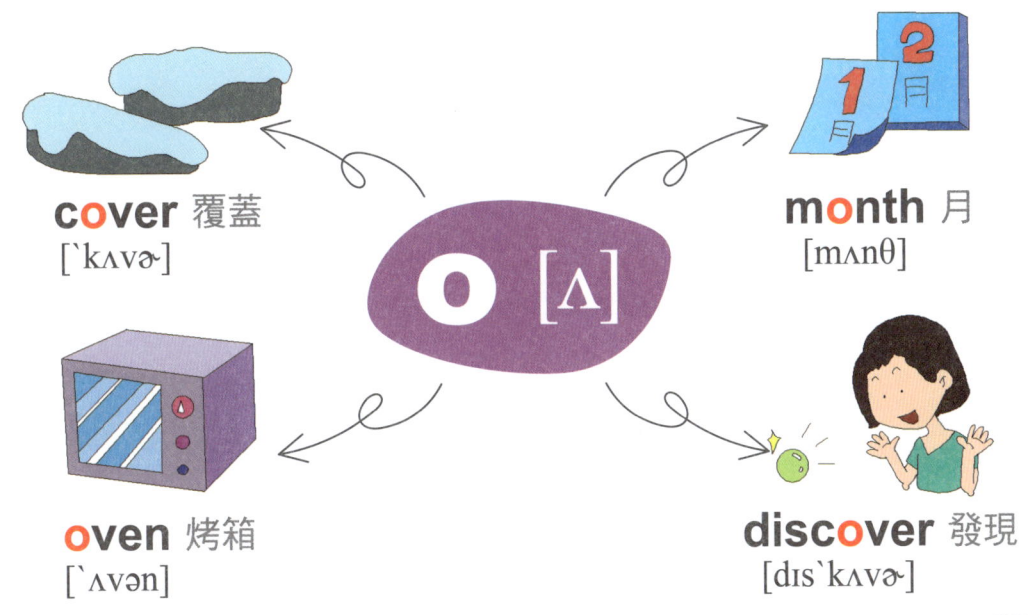

cover 覆蓋
[ˋkʌvɚ]

month 月
[mʌnθ]

o [ʌ]

oven 烤箱
[ˋʌvən]

discover 發現
[dɪsˋkʌvɚ]

83

LESSON 38
ow [aʊ]

記憶口訣

owow "aʊ aʊ aʊ" 狼叫聲ㄚㄨ～

發音律動操
FILM38

發音規則

ow 和 ou 通常唸成 [aʊ]。

故事記憶

有兩隻狼一隻叫做 w，一隻叫做 u，牠們一看到圓圓的月亮（o），就會『ㄚㄨㄚㄨ』地叫，所以 ow 和 ou 唸成 [aʊ]。

ow = aʊ
aʊ aʊ aʊ

owow "aʊ aʊ aʊ" 狼叫聲ㄚㄨ～

發音口訣
38.mp3

聽 RAP 記發音 ——一邊聽 rap、一邊跟著唸，就可以輕鬆記住 [aʊ] 的發音喔！

1		mouse 老鼠 m, m, m...ou, ou, ou...m-ou...mouse
2		cow 乳牛 c, c, c...ow, ow, ow...c-ow...cow
3		loud 大聲的 l, l, l...ou, ou, ou...l-ou...loud
4		owl 貓頭鷹 owow...ow, ow, ow...owl

84

動手寫寫看

請把單字用手寫體正確寫在格線裡,一邊寫一邊跟著音檔開口唸唸看!

mouse
[maʊs]
老鼠

mouse mouse mouse

cow
[kaʊ]
乳牛

cow cow cow

loud
[laʊd]
大聲的

loud loud loud

owl
[aʊl]
貓頭鷹

owl owl owl

一口氣學會更多單字!

這些單字裡的 ow 或 ou 全都發 [aʊ] 的音,一起看看吧!

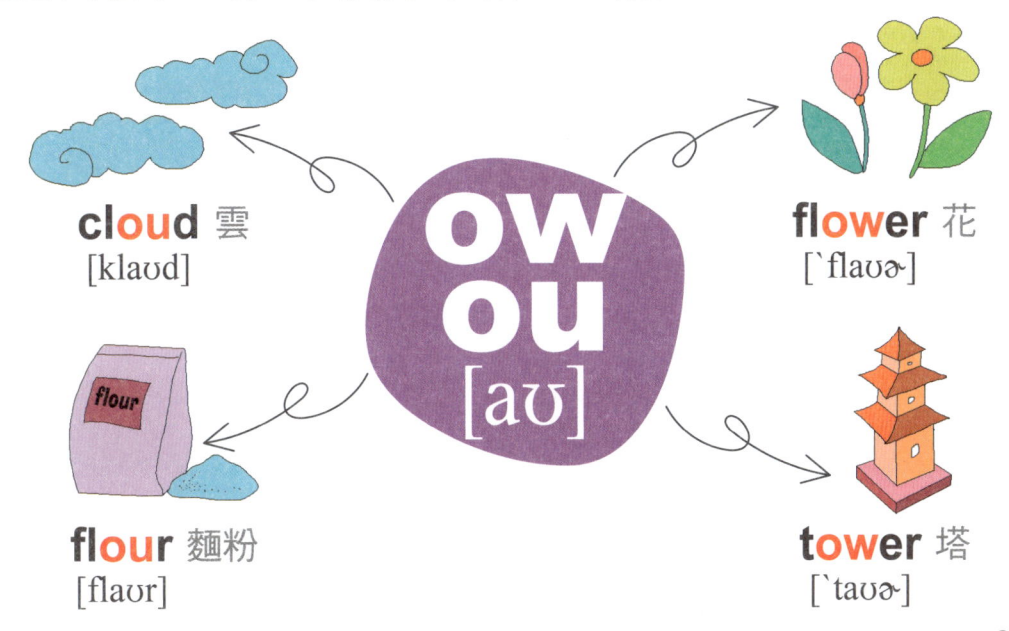

ow / ou [aʊ]

cloud 雲
[klaʊd]

flower 花
[ˋflaʊɚ]

flour 麵粉
[flaʊr]

tower 塔
[ˋtaʊɚ]

85

LESSON 39
oy [ɔɪ]

記憶口訣

救護車來了 "ɔɪ ɔɪ ɔɪ"

發音律動操
FILM39

發音規則

oy 和 oi 唸成 [ɔɪ]。

故事記憶

y 媽媽和 i 媽媽被石頭（o）打到了，救護車馬上『ㄛㄧㄛㄧ』地趕來了，所以 oy 和 oi 唸成 [ɔɪ]。

救護車來了 "ɔɪ ɔɪ ɔɪ"

發音口訣
39.mp3

聽 RAP 記發音 ─ 一邊聽 rap、一邊跟著唸，就可以輕鬆記住 [ɔɪ] 的發音喔！

1		boy 男孩 b, b, b...oy, oy, oy...b-oy...boy
2		toy 玩具 t, t, t...oy, oy, oy...t-oy...toy
3		coin 硬幣 c, c, c...oi, oi, oi...c-oi...coin
4		boil 沸騰 b, b, b...oi, oi, oi...b-oi...boil

動手寫寫看

請把單字用手寫體正確寫在格線裡,一邊寫一邊跟著音檔開口唸唸看!

boy
[bɔɪ]
男孩

boy boy boy

toy
[tɔɪ]
玩具

toy toy toy

coin
[kɔɪn]
硬幣

coin coin coin

boil
[bɔɪl]
沸騰

boil boil boil

一口氣學會更多單字!

這些單字裡的 oi 或 oy 全都發 [ɔɪ] 的音,一起看看吧!

po**int** 指
[pɔɪnt]

soy 大豆
[sɔɪ]

oi
oy
[ɔɪ]

joi**n** 參加
[dʒɔɪn]

enjoy 享受
[ɪn`dʒɔɪ]

87

LESSON 40
p [p]

記憶口訣

豌豆莢裂開
批哩批哩 "p p p"

發音律動操
FILM40

發音規則

子音 p 和字母組合 pp，都唸成 [p]。

故事記憶

p 小弟一早出門，就被對面的阿 p 婆『潑』了一桶水，p 小弟滿臉髒水『呸呸呸～』，所以 p 和 pp 都唸成 [p]。

豌豆莢裂開　批哩批哩 "p p p"

發音口訣
40.mp3

聽 RAP 記發音

一邊聽 rap、一邊跟著唸，就可以輕鬆記住 [p] 的發音喔！

1	pea 豌豆 p, p, p...ea, ea, ea...p-ea...pea
2	puppy 小狗 p, p, p...u, u, u...p-u...puppy
3	purse 手提包 p, p, p...ur, ur, ur...p-ur...purse
4	piano 鋼琴 p, p, p...i, i, i...p-i...piano

動手寫寫看

請把單字用手寫體正確寫在格線裡,一邊寫一邊跟著音檔開口唸唸看!

pea
[pi]
豌豆

pea pea pea

puppy
[ˋpʌpɪ]
小狗

puppy puppy puppy

purse
[pɝs]
手提包

purse purse purse

piano
[pɪˋæno]
鋼琴

piano piano piano

一口氣學會更多單字!

這些單字裡的 p 或字母組合 pp 全都發 [p] 的音,一起看看吧!

puppet 玩偶
[ˋpʌpɪt]

package 包裹
[ˋpækɪdʒ]

p [p]

pick 挑選
[pɪk]

pumpkin 南瓜
[ˋpʌmpkɪn]

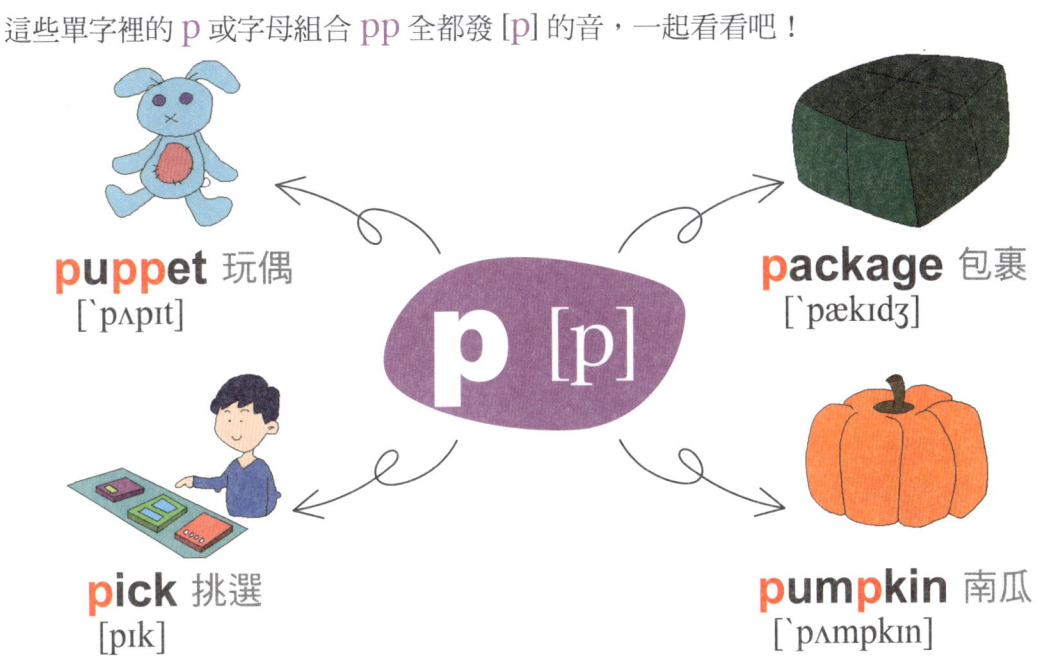

89

LESSON 41
ph [f]

記憶口訣

大象皮ㄈㄨ
很粗 很粗 "f f f"

發音規則

ph 合在一起出現的時候，唸成 [f]。

故事記憶

p 小弟和 h 小弟一起去『浮』潛，所以 ph 唸成 [f]。

大象皮ㄈㄨ　很粗 很粗 "f f f"

聽 RAP 記發音

一邊聽 rap、一邊跟著唸，就可以輕鬆記住 [f] 的發音喔！

1	 elephant 大象	ph, ph, ph...ant, ant, ant... ph-ant...elephant
2	 photo 相片	ph, ph, ph...o, o, o...ph-o...photo
3	 phone 電話	ph, ph, ph...one, one, one... ph-one...phone
4	 phantom 幽靈	ph, ph, ph...an, an, an... ph-an...phantom

動手寫寫看

請把單字用手寫體正確寫在格線裡,一邊寫一邊跟著音檔開口唸唸看!

elephant
[ˈɛləfənt]
大象

elephant elephant elephant

photo
[ˈfoto]
相片

photo photo photo

phone
[fon]
電話

phone phone phone

phantom
[ˈfæntəm]
幽靈

phantom phantom phantom

一口氣學會更多單字!

這些單字裡的 ph 全都發 [f] 的音,一起看看吧!

ph [f]

nephew 姪子;外甥
[ˈnɛfju]

physical 身體的
[ˈfɪzɪkəl]

emphasis 重點
[ˈɛmfəsɪs]

typhoon 颱風
[taɪˈfun]

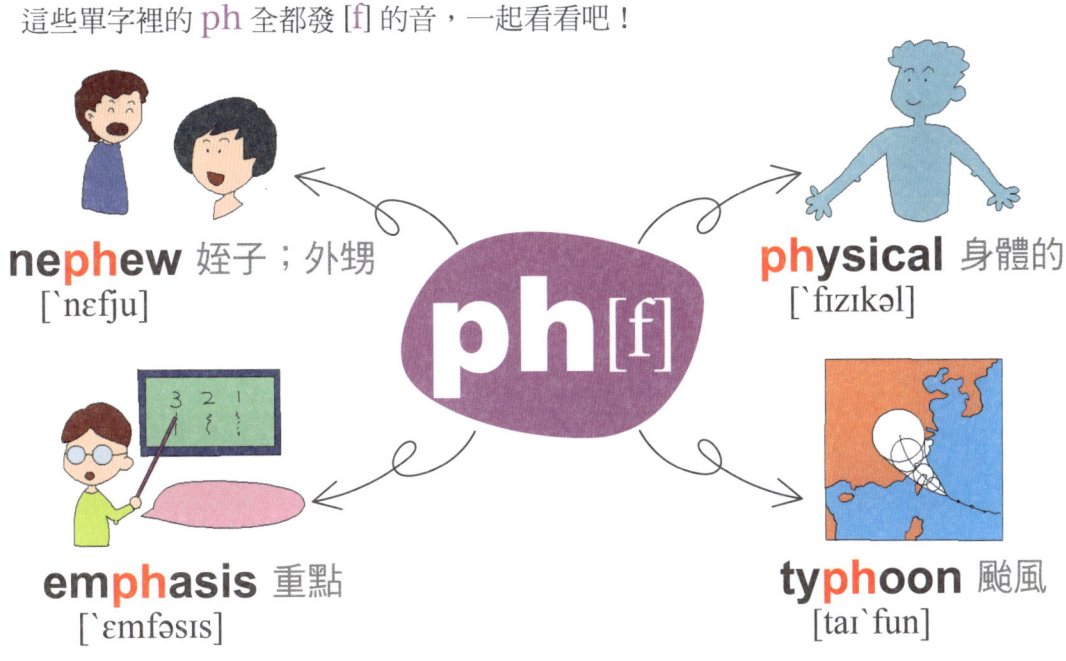

91

LESSON 42
qu [kw]

記憶口訣

擴胸擴胸 擴擴擴
"kw kw kw"

發音律動操
FILM42

發音規則

qu 合在一起出現時，會唸成 [kw]。

故事記憶

q 小弟和 u 媽媽一起跳有氧舞蹈，每天都做『擴』胸運動，所以 qu 合在一起唸成 [kw]。

擴胸擴胸 擴擴擴 "kw kw kw"

發音口訣
42.mp3

聽RAP記發音 一邊聽 rap、一邊跟著唸，就可以輕鬆記住 [kw] 的發音喔！

1	queen 皇后	qu, qu, qu...een, een, een...qu-een...queen
2	quarter 四分之一	qu, qu, qu...ar, ar, ar...qu-ar...quarter
3	squid 烏賊	squ, squ, squ...i, i, i...squ-i...squid
4	squirrel 松鼠	squ, squ, squ...ir, ir, ir... squ-ir...squirrel

92

動手寫寫看

請把單字用手寫體正確寫在格線裡,一邊寫一邊跟著音檔開口唸唸看!

queen
[`kwin]
皇后

queen queen queen

quarter
[`kwɔrtɚ]
四分之一

quarter quarter quarter

squid
[skwɪd]
烏賊

squid squid squid

squirrel
[`skwɝəl]
松鼠

squirrel squirrel squirrel

一口氣學會更多單字!

這些單字裡的 qu 全都發 [kw] 的音,一起看看吧!

question 問題
[`kwɛstʃən]

qualification 資格認證
[ˌkwɑləfə`keʃən]

qu [kw]

quiet 安靜的
[`kwaɪət]

quit 放棄
[kwɪt]

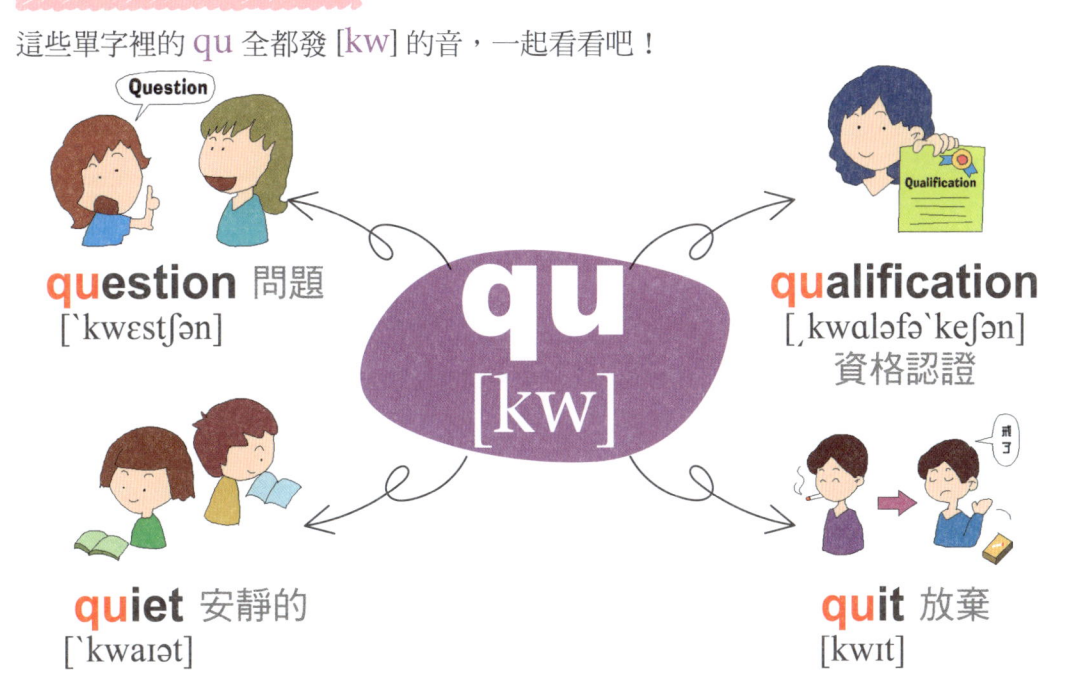

93

LESSON 43
r [r]

記憶口訣

囉囉囉
學老狗叫 "r r r"

發音律動操
FILM43

發音規則

子音 r 唸成 [r]。

故事記憶

r 小弟愛吃滷『肉』飯，所以 r 唸成 [r]。

囉囉囉
rrr

囉囉囉 學老狗叫 "r r r"

發音口訣
43.mp3

聽RAP記發音 一邊聽 rap、一邊跟著唸，就可以輕鬆記住 [r] 的發音喔！

1		run 跑步 r, r, r...un, un, un...r-un...run
2		read 閱讀 r, r, r...ead, ead, ead...r-ead...read
3		rabbit 兔子 r, r, r...a, a, a...r-a...rabbit
4		parrot 鸚鵡 rr, rr, rr...ot, ot, ot...rr-ot...parrot

94

動手寫寫看

請把單字用手寫體正確寫在格線裡,一邊寫一邊跟著音檔開口唸唸看!

run
[rʌn]
跑步

run run run

read
[rid]
閱讀

read read read

rabbit
[`ræbɪt]
兔子

rabbit rabbit rabbit

parrot
[`pærət]
鸚鵡

parrot parrot parrot

一口氣學會更多單字!

這些單字裡的 r 全都發 [r] 的音,一起看看吧!

rob 搶奪
[rɑb]

rub 摩擦
[rʌb]

r [r]

rest 休息
[rɛst]

role 角色
[rol]

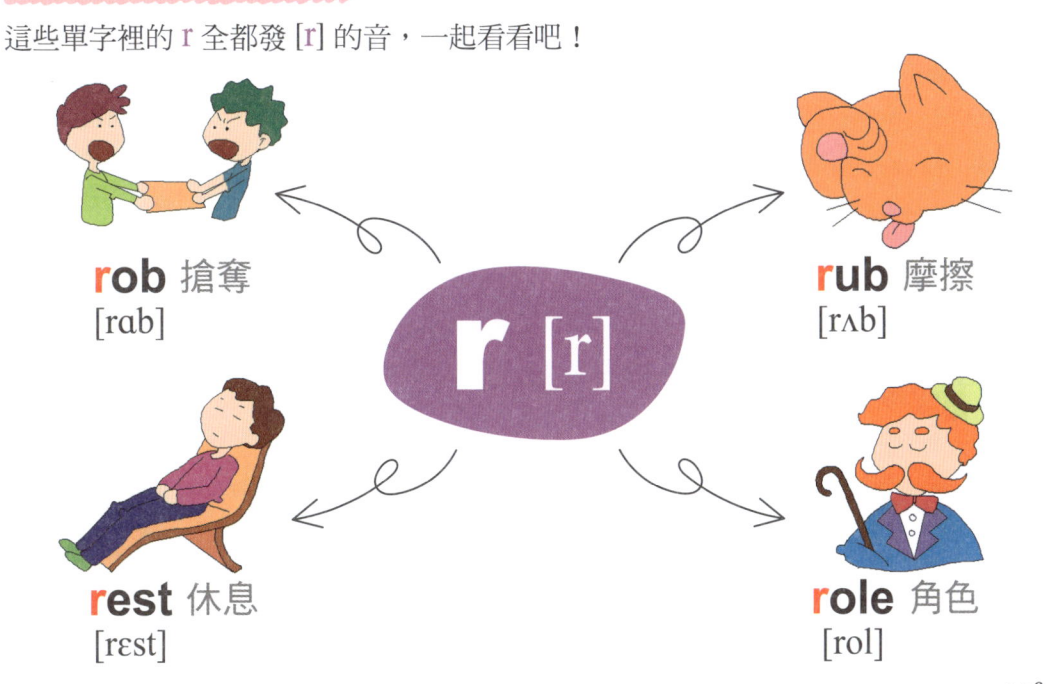

95

LESSON 44

S [s]

記憶口訣

蛇爬行 嘶嘶嘶 "s s s"

發音律動操
FILM44

發音規則

子音 s 唸成無聲的 [s]。

故事記憶

s 小弟常常吃榨菜肉『絲』麵，所以 s 唸成 [s]。

sun
snake

蛇爬行 嘶嘶嘶 "s s s"

發音口訣
44.mp3

聽RAP記發音 一邊聽 rap、一邊跟著唸，就可以輕鬆記住 [s] 的發音喔！

1	sofa 沙發	s, s, s...o, o, o...s-o...sofa
2	scooter 輕型機車	sc, sc, sc...oo, oo, oo...sc-oo...scooter
3	swim 游泳	s, s, s...wim, wim, wim...s-wim...swim
4	spider 蜘蛛	sp, sp, sp...i, i, i...sp-i...spider

96

動手寫寫看

請把單字用手寫體正確寫在格線裡,一邊寫一邊跟著音檔開口唸唸看!

sofa
[`sofə]
沙發

sofa sofa sofa

scooter
[`skutɚ]
輕型機車

scooter scooter scooter

swim
[swɪm]
游泳

swim swim swim

spider
[`spaɪdɚ]
蜘蛛

spider spider spider

一口氣學會更多單字!

這些單字裡的 s 全都發 [s] 的音,一起看看吧!

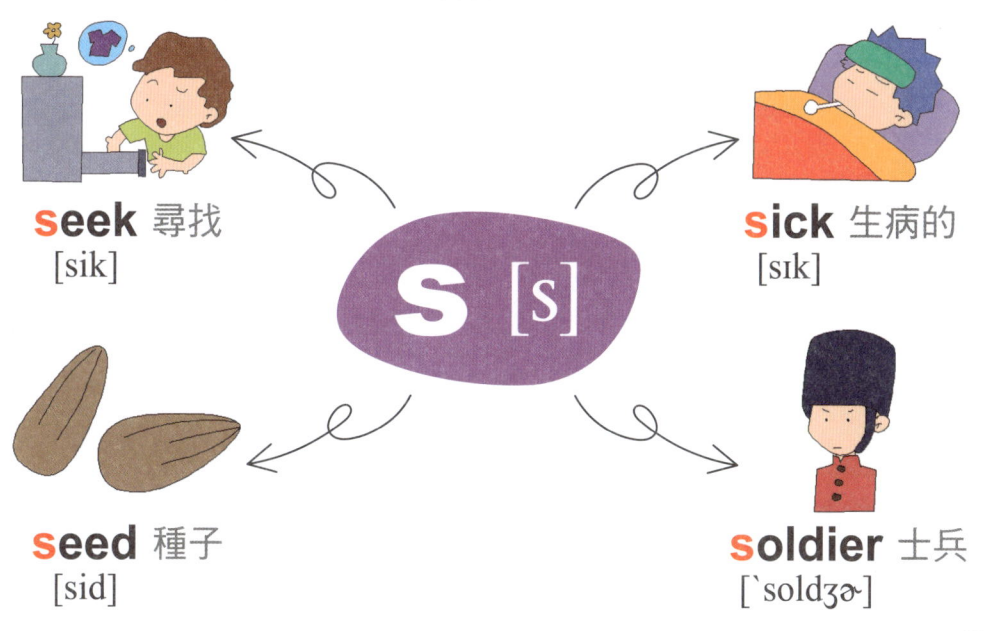

seek 尋找
[sik]

sick 生病的
[sɪk]

S [s]

seed 種子
[sid]

soldier 士兵
[`soldʒɚ]

97

LESSON 45
S [ʒ]

記憶口訣

咀嚼的咀
用喉嚨發音 "ㄓㄓㄓ"

發音律動操
FILM45

發音規則

有的時候 -sion、-sual、-sure 這些字母組合中的子音 s 會唸成 [ʒ]。

故事記憶

s 小弟有時候會吃「橘」子,所以子音 s 有時候會唸成 [ʒ]。

咀嚼的咀　用喉嚨發音 "ㄓㄓㄓ"

發音口訣
45.mp3

聽RAP記發音

一邊聽 rap、一邊跟著唸,就可以輕鬆記住 [ʒ] 的發音喔!

1		televi**sion** 電視	SION...sion, sion, sion...television
2		explo**sion** 爆炸	SION...sion, sion, sion...explosion
3		colli**sion** 相撞	SION...sion, sion, sion...collision
4		trea**sure** 寶藏	SURE...sure, sure, sure... treasure

98

動手寫寫看

請把單字用手寫體正確寫在格線裡,一邊寫一邊跟著音檔開口唸唸看!

television
[ˋtɛləˏvɪʒən]
電視

television television television

explosion
[ɪkˋsploʒən]
爆炸

explosion explosion explosion

collision
[kəˋlɪʒən]
相撞

collision collision collision

treasure
[ˋtrɛʒɚ]
寶藏

treasure treasure treasure

一口氣學會更多單字!

這些單字裡的 s 全都發 [ʒ] 的音,一起看看吧!

measure 測量
[ˋmɛʒɚ]

usual 通常的
[ˋjuʒʊəl]

s [ʒ]

pleasure 樂趣
[ˋplɛʒɚ]

vision 視力
[ˋvɪʒən]

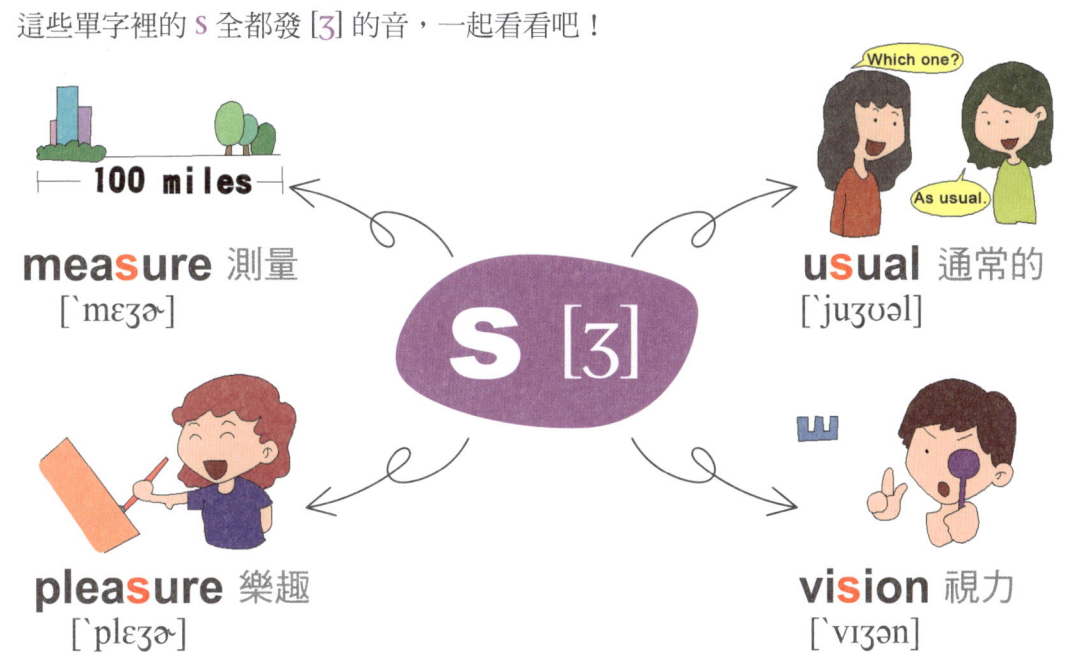

99

LESSON 46

s [z]

記憶口訣

兩隻 dogs 扮鬼臉 "ＺＺＺ"

發音律動操
FILM46

發音規則

子音 s 接在母音和有聲子音之後，會唸成有聲的 [z]。

故事記憶

s 小弟遇到前面有媽媽或是其他聲音比較大的小孩子，就會一起變大聲 [ZZZ]。所以 s 唸成 [z]。

兩隻 dogs 扮鬼臉 "ＺＺＺ"

發音口訣
46.mp3

聽RAP記發音

一邊聽 rap、一邊跟著唸，就可以輕鬆記住 [z] 的發音喔！

1	rose 玫瑰	s, s, s...s, s, s...r-ose...rose
2	eyes 雙眼	eye, eye, eye...s, s, s...eye-s...eyes
3	nose 鼻子	s, s, s...s, s, s...n-ose...nose
4	scissors 剪刀	ss, ss, ss...ors, ors, ors... ss-ors...scissors

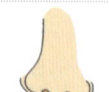

100

動手寫寫看

請把單字用手寫體正確寫在格線裡，一邊寫一邊跟著音檔開口唸唸看！

rose
[roz]
玫瑰

rose rose rose

eyes
[aɪz]
雙眼

eyes eyes eyes

nose
[noz]
鼻子

nose nose nose

scissors
[ˋsɪzɚz]
剪刀

scissors scissors scissors

一口氣學會更多單字！

這些單字裡的 s 全都發 [z] 的音，一起看看吧！

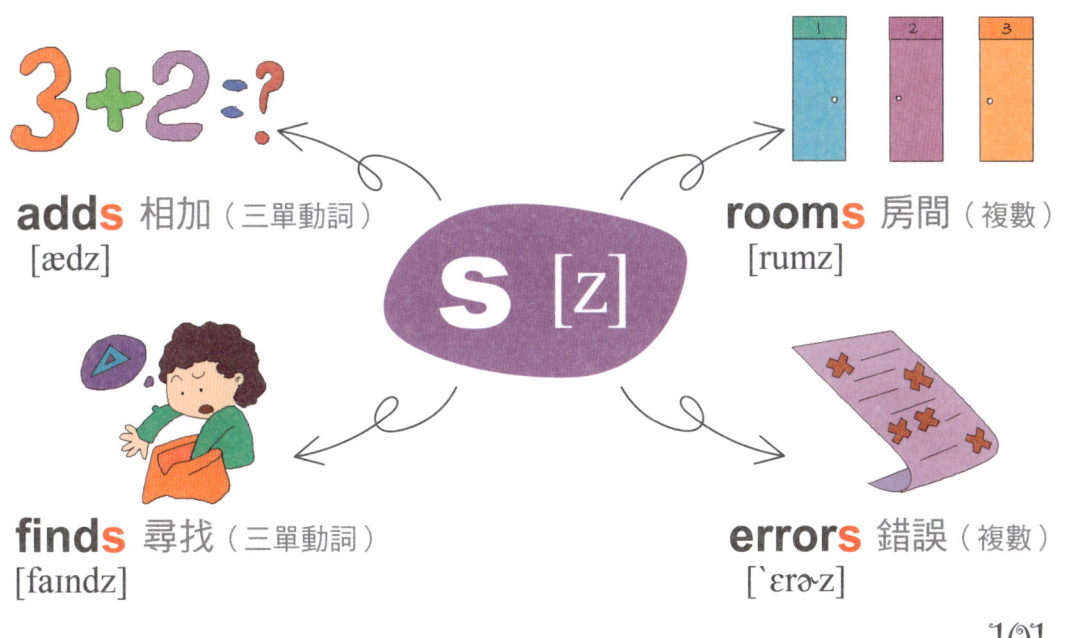

S [z]

add s 相加（三單動詞）
[ædz]

room s 房間（複數）
[rumz]

find s 尋找（三單動詞）
[faɪndz]

error s 錯誤（複數）
[ˋɛrɚz]

101

LESSON 47
sh [ʃ]

記憶口訣

請安靜 噓 "ʃʃ"

FILM47 發音律動操

發音規則

字母組合 sh 唸成無聲的 [ʃ]。

故事記憶

s 小弟和 h 小弟感冒了，喉嚨痛沒有聲音，很『虛』弱，所以 sh 唸成無聲的 [ʃ]。

請安靜 噓 "ʃʃ"

47.mp3 發音口訣

聽 RAP 記發音

一邊聽 rap、一邊跟著唸，就可以輕鬆記住 [ʃ] 的發音喔！

1	 shirt 襯衫 sh, sh, sh...irt, irt, irt...sh-irt...shirt
2	 shoes 鞋子 sh, sh, sh...oe, oe, oe...sh-oe...shoes
3	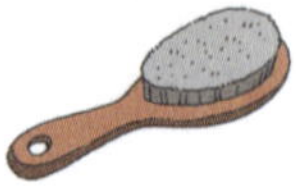 brush 刷子 u, u, u...sh, sh, sh...u-sh...brush
4	dish 盤碟 i, i, i...sh, sh, sh...di-sh...dish

102

動手寫寫看

請把單字用手寫體正確寫在格線裡，一邊寫一邊跟著音檔開口唸唸看！

shirt
[ʃɝt]
襯衫

shirt shirt shirt

shoes
[ʃuz]
鞋子

shoes shoes shoes

brush
[brʌʃ]
刷子

brush brush brush

dish
[dɪʃ]
盤碟

dish dish dish

一口氣學會更多單字！

這些單字裡的 sh 全都發 [ʃ] 的音，一起看看吧！

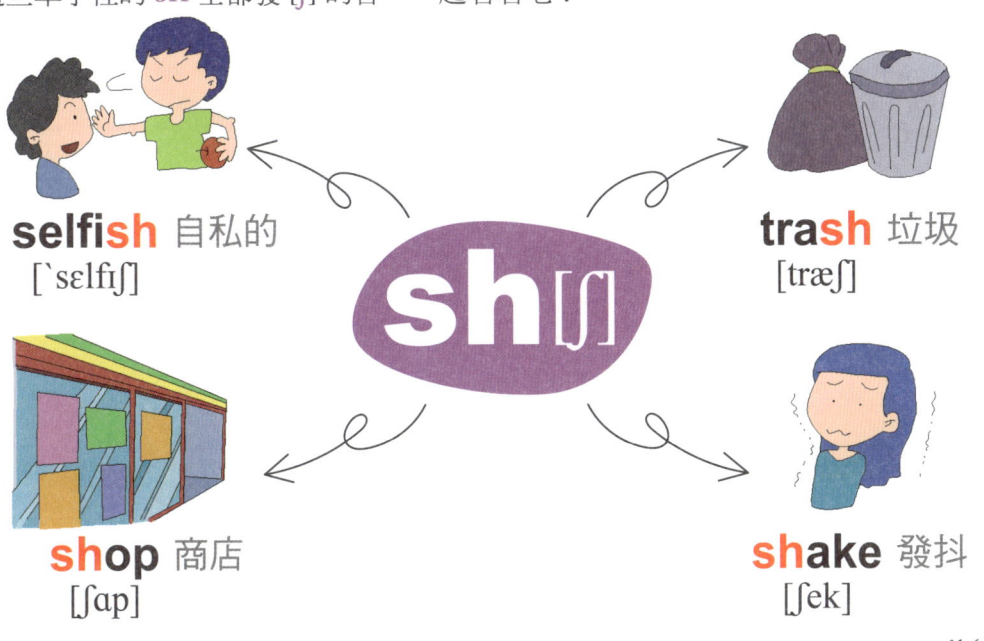

selfish 自私的
[ˋsɛlfɪʃ]

trash 垃圾
[træʃ]

sh [ʃ]

shop 商店
[ʃɑp]

shake 發抖
[ʃek]

103

LESSON 48

t [t]

記憶口訣

特別的特 "t t t"

發音律動操
FILM48

發音規則

子音 t 唸成無聲的 [t]。

故事記憶

t 小弟中了『特』獎，高興得說不出話來，所以 t 唸成無聲的 [t]。

特別的Tiger！

特別的特 "t t t"

發音口訣
48.mp3

聽RAP記發音 一邊聽 rap、一邊跟著唸，就可以輕鬆記住 [t] 的發音喔！

1	turkey 火雞 t, t, t...ur, ur, ur...t-ur...turkey
2	toast 吐司 t, t, t...oa, oa, oa...t-oa...toast
3	turtle 烏龜 t, t, t...ur, ur, ur...t-ur...turtle
4	tiger 老虎 t, t, t...i, i, i...t-i...tiger

動手寫寫看

請把單字用手寫體正確寫在格線裡,一邊寫一邊跟著音檔開口唸唸看!

turkey
[ˋtɝkɪ]
火雞

turkey turkey turkey

toast
[tost]
吐司

toast toast toast

turtle
[ˋtɝtl̩]
烏龜

turtle turtle turtle

tiger
[ˋtaɪgɚ]
老虎

tiger tiger tiger

一口氣學會更多單字!

這些單字裡的 t 全都發 [t] 的音,一起看看吧!

tomato 番茄
[təˋmeto]

talent 天資
[ˋtælənt]

t [t]

tennis 網球
[ˋtɛnɪs]

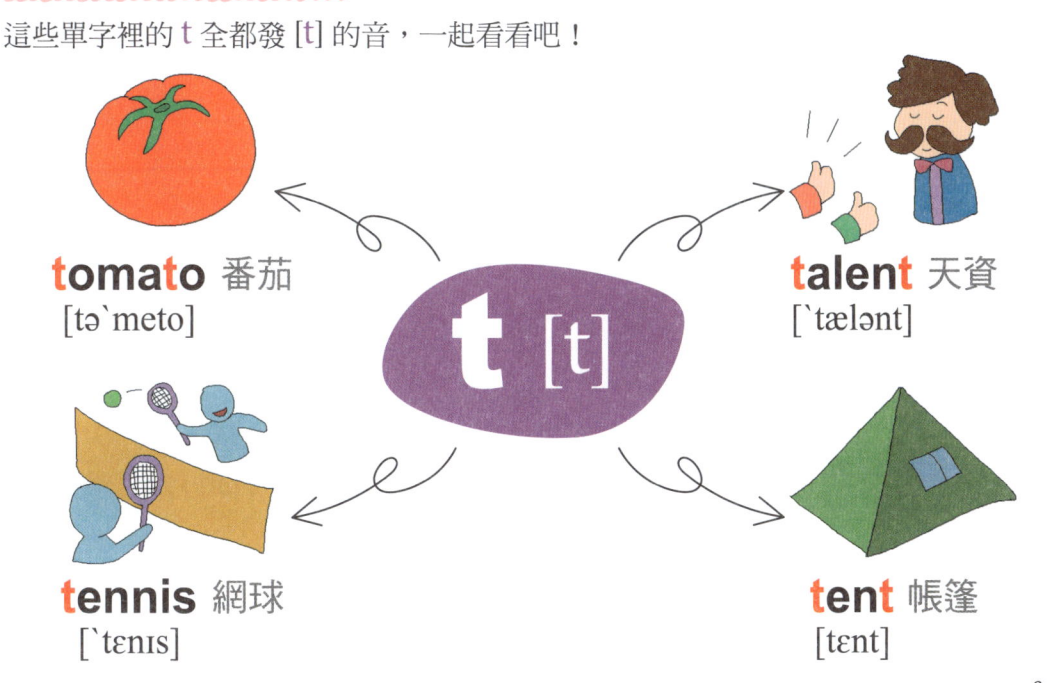

tent 帳篷
[tɛnt]

LESSON 49
th [θ]

記憶口訣

兩排牙齒輕咬舌頭 "θ θ θ"

發音律動操
FILM49

發音規則

字母組合 th 唸成咬舌無聲的 [θ]。

故事記憶

t 小弟和 h 小弟比賽繞口令，t 小弟咬到舌頭，h 小弟唸不出來，所以 th 唸成咬舌無聲的 [θ]。

兩排牙齒輕咬舌頭 "θ θ θ"

發音口訣
49.mp3

聽RAP記發音

一邊聽 rap、一邊跟著唸，就可以輕鬆記住 [θ] 的發音喔！

1	mouth 嘴巴	THTH...th, th, th...mouth
2	thumb 大拇指	th, th, th...umb, umb, umb... th-umb...thumb
3	thread 線	th, th, th...read, read, read...th-read...thread
4	thump 重擊	th, th, th...ump, ump, ump... th-ump...thump

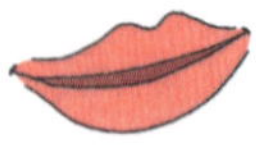

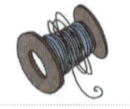

動手寫寫看

請把單字用手寫體正確寫在格線裡,一邊寫一邊跟著音檔開口唸唸看!

mouth
[maʊθ]
嘴巴

mouth mouth mouth

thumb
[θʌm]
大拇指

thumb thumb thumb

thread
[θrɛd]
線

thread thread thread

thump
[θʌmp]
重擊

thump thump thump

一口氣學會更多單字!

這些單字裡的 th 全都發 [θ] 的音,一起看看吧!

th [θ]

think 思考
[θɪŋk]

thin 纖細的
[θɪn]

thick 厚的
[θɪk]

thankful 感激的
[ˋθæŋkfəl]

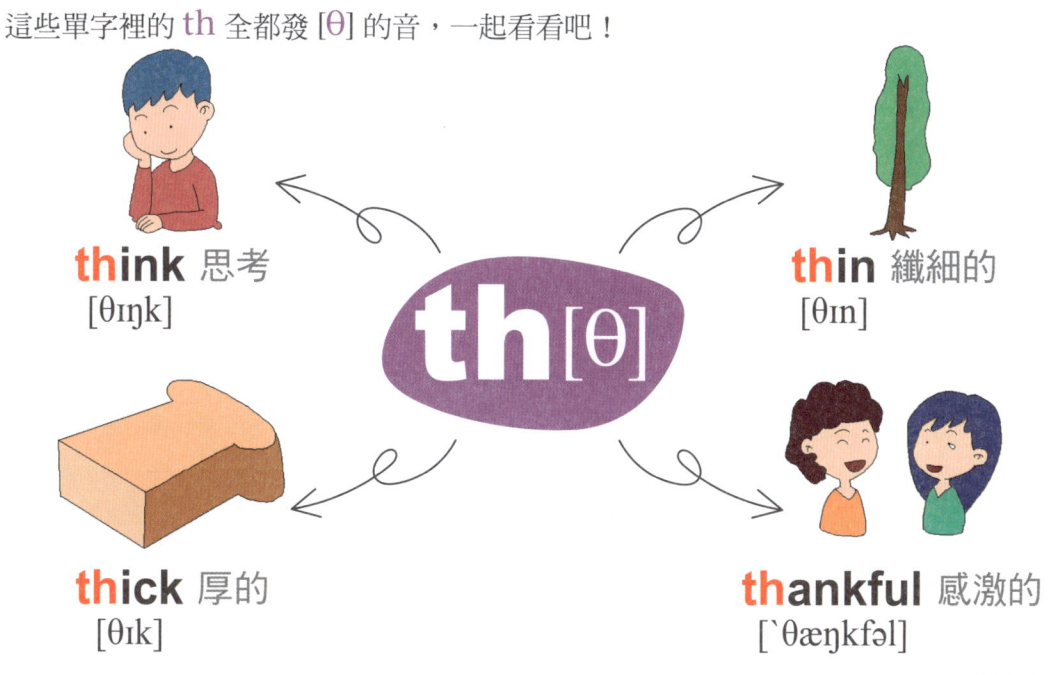

107

LESSON 50
th [ð]

記憶口訣

兩排牙齒 輕輕咬舌頭 "ð ð ð"

FILM50 發音律動操

發音規則

字母組合 th 唸成咬舌有聲的 [ð]。

故事記憶

t 小弟和 h 小弟比賽繞口令，t 小弟咬到舌頭，h 小弟唸出聲音來，所以 th 唸成咬舌有聲的 [ð]。

兩排牙齒 輕輕咬舌頭 "ð ð ð"

發音口訣 50.mp3

聽 RAP 記發音

一邊聽 rap、一邊跟著唸，就可以輕鬆記住 [ð] 的發音喔！

1		scythe 長柄大鎌刀 th, th, th...th, th, th...s-cy...scythe
2		bathe 洗澡 th, th, th...th, th, th...b-a...bathe
3		this 這個 th, th, th...is, is, is...th-is...this
4		that 那個 th, th, th...at, at, at...th-at...that

108

動手寫寫看

請把單字用手寫體正確寫在格線裡,一邊寫一邊跟著音檔開口唸唸看!

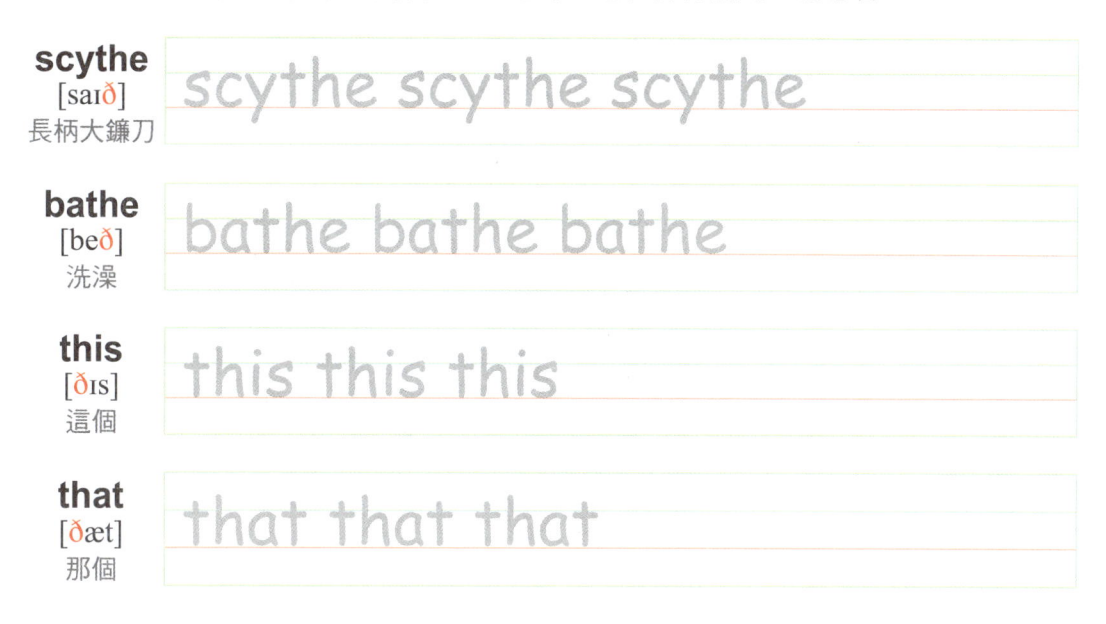

scythe
[saɪð]
長柄大鎌刀

scythe scythe scythe

bathe
[beð]
洗澡

bathe bathe bathe

this
[ðɪs]
這個

this this this

that
[ðæt]
那個

that that that

一口氣學會更多單字!

這些單字裡的 th 全都發 [ð] 的音,一起看看吧!

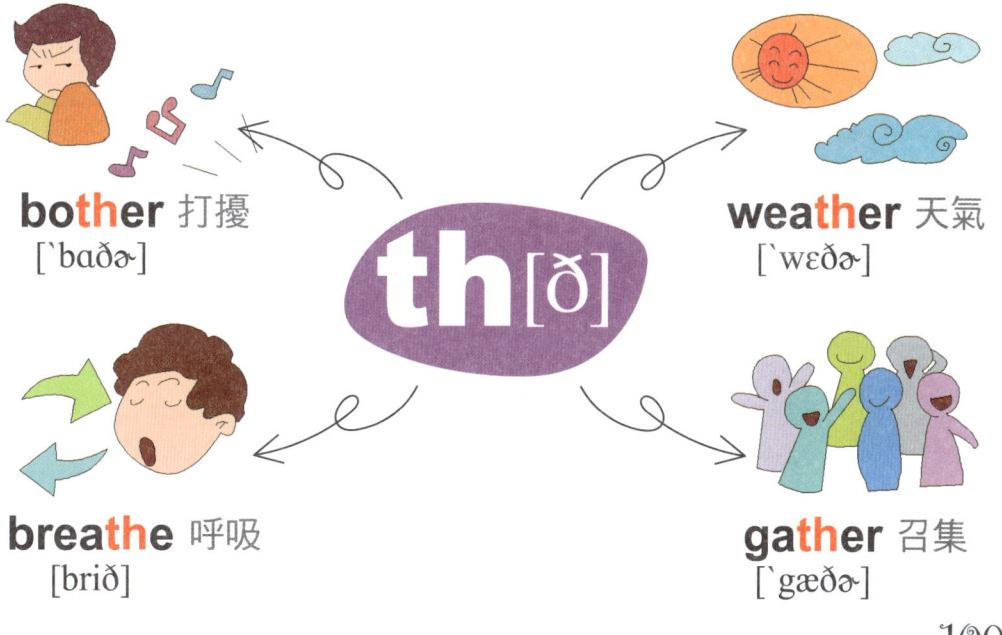

both**er** 打擾
[ˋbɑðɚ]

weath**er** 天氣
[ˋwɛðɚ]

th [ð]

breath**e** 呼吸
[brið]

gath**er** 召集
[ˋgæðɚ]

109

LESSON 51

u [ʌ]

記憶口訣

U小妹 拿雨傘
umbrella "ʌ ʌ ʌ"

發音律動操
FILM51

發音規則

母音 u 唸成重音的 [ʌ]。

故事記憶

u 媽媽唸經：[ʌ] 彌陀佛。所以母音 u 唸成重音的 [ʌ]。

U小妹 拿雨傘 umbrella "ʌ ʌ ʌ"

發音口訣
51.mp3

聽RAP記發音

一邊聽 rap、一邊跟著唸，就可以輕鬆記住 [ʌ] 的發音喔！

1	 bus 巴士 b, b, b...us, us, us...b-us...bus
2	 cup 杯子 c, c, c...up, up, up...c-up...cup
3	 cut 切；割 c, c, c...ut, ut, ut...c-ut...cut
4	 sun 太陽 s, s, s...un, un, un...s-un...sun

動手寫寫看

請把單字用手寫體正確寫在格線裡,一邊寫一邊跟著音檔開口唸唸看!

bus
[bʌs]
巴士

bus bus bus

cup
[kʌp]
杯子

cup cup cup

cut
[kʌt]
切;割

cut cut cut

sun
[sʌn]
太陽

sun sun sun

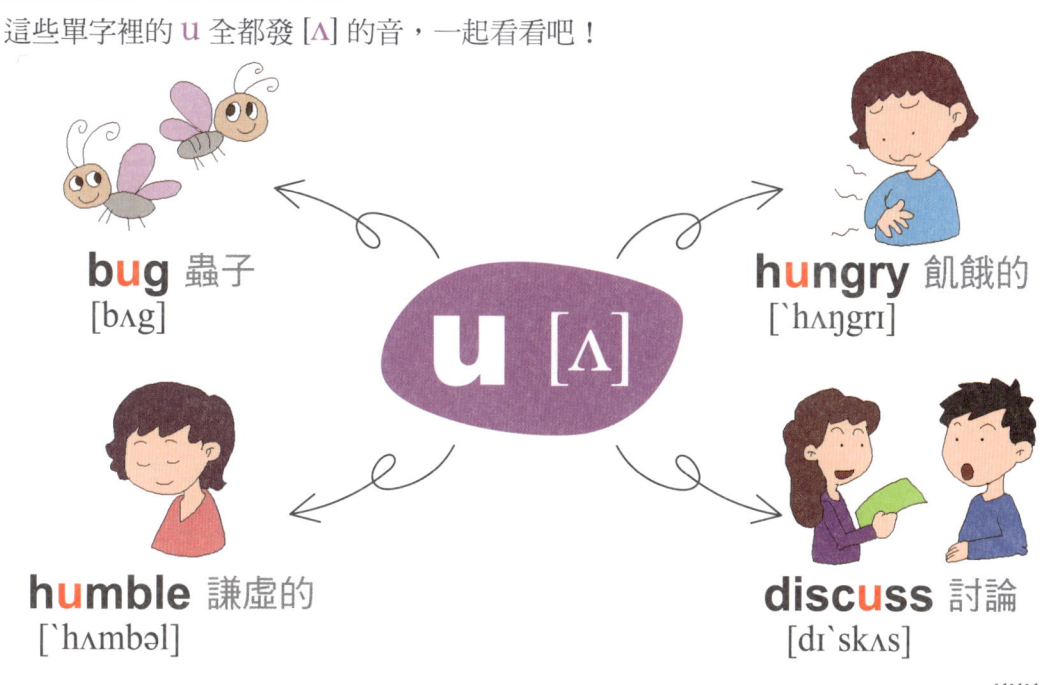

一口氣學會更多單字!

這些單字裡的 u 全都發 [ʌ] 的音,一起看看吧!

u [ʌ]

bug 蟲子
[bʌg]

hungry 飢餓的
[ˋhʌŋgrɪ]

humble 謙虛的
[ˋhʌmbəl]

discuss 討論
[dɪˋskʌs]

111

LESSON 52

u [ju]

記憶口訣

U 小妹的名字叫做 U "ju"

發音律動操
FILM52

發音規則

在字母組合 ue 或「母音 u +子音+母音字母」裡，u 會唸成原母音的 [ju]。

故事記憶

u 媽媽和 e 媽媽被擠在一群小孩子中間，u 媽媽大叫：「You! You! 別擠啦！」所以 ue 或「u +子音+母音字母」裡的母音 u 唸成長音的 [ju]。

ju
我是長音的 [ju]

U 小妹的名字　叫做 U "ju"

發音口訣
52.mp3

聽 RAP 記發音

一邊聽 rap、一邊跟著唸，就可以輕鬆記住 [ju] 的發音喔！

1	student 學生 st, st, st...u, u, u...st-u...student
2	 computer 電腦 p, p, p...u, u, u...p-u...computer
3	 music 音樂 m, m, m...u, u, u...m-u...music
4	 tuba 銅管大號 t, t, t...u, u, u...t-u...tuba

112

動手寫寫看

請把單字用手寫體正確寫在格線裡,一邊寫一邊跟著音檔開口唸唸看!

student
[`stjudnt]
學生

student student student

computer
[kəm`pjutɚ]
電腦

computer computer computer

music
[`mjuzɪk]
音樂

music music music

tuba
[`tjubə]
銅管大號

tuba tuba tuba

一口氣學會更多單字!

這些單字裡的 u 全都發 [ju] 的音,一起看看吧!

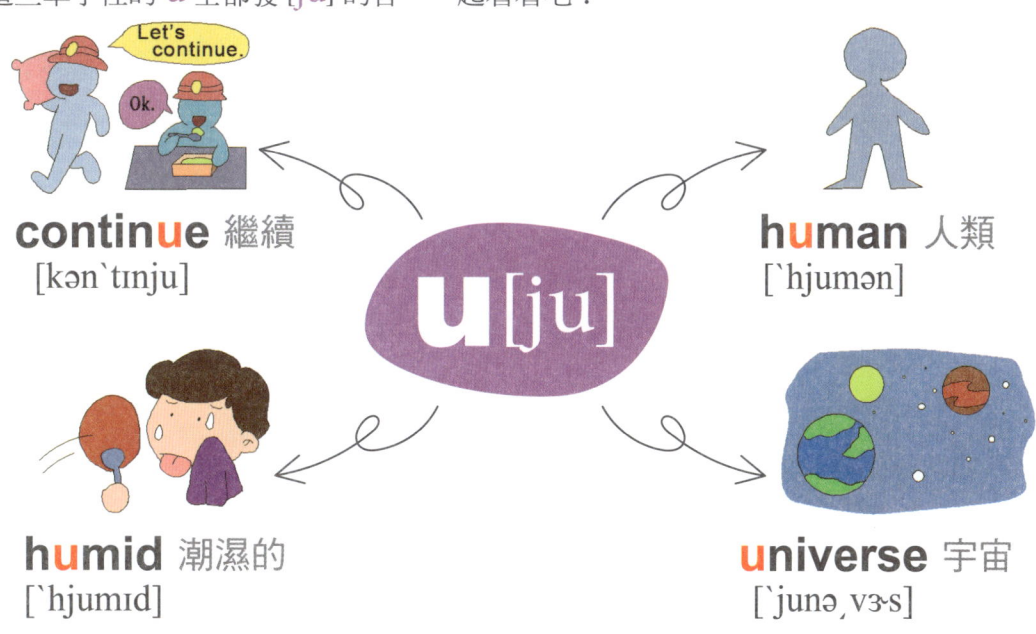

continue 繼續
[kən`tɪnju]

human 人類
[`hjumən]

u [ju]

humid 潮濕的
[`hjumɪd]

universe 宇宙
[`junəˌvɝs]

113

LESSON 53
ur [ɝ]

記憶口訣

URUR "ɝ ɝ ɝ"
nurse nurse "ɝ ɝ ɝ"

發音律動操
FILM53

發音規則

母音 u 和子音 r 合在一起出現的時候，唸成 [ɝ]。

故事記憶

u 媽媽和 r 小妹老是拖拖拉拉，每次都說：「待會兒（ɝ），待會兒（ɝ）」

ur = [ɝ]

nurse

URUR "ɝ ɝ ɝ"
nurse nurse "ɝ ɝ ɝ"

發音口訣
53.mp3

聽 RAP 記發音

一邊聽 rap、一邊跟著唸，就可以輕鬆記住 [ɝ] 的發音喔！

1		nurse 護理師 n, n, n...ur, ur, ur...n-ur...nurse
2		turtle 烏龜 t, t, t...ur, ur, ur...t-ur...turtle
3		purse 手提包 p, p, p...ur, ur, ur...p-ur...purse
4		turkey 火雞 t, t, t...ur, ur, ur...t-ur...turkey

動手寫寫看

請把單字用手寫體正確寫在格線裡,一邊寫一邊跟著音檔開口唸唸看!

nurse
[nɝs]
護理師

nurse nurse nurse

turtle
[`tɝ-təl]
烏龜

turtle turtle turtle

purse
[pɝs]
手提包

purse purse purse

turkey
[`tɝ-kɪ]
火雞

turkey turkey turkey

一口氣學會更多單字!

這些單字裡的 ur 全都發 [ɝ] 的音,一起看看吧!

burn 燃燒
[bɝn]

curtain 窗簾
[`kɝ-tən]

ur [ɝ]

purchase 購買
[`pɝ-tʃəs]

curve 曲線
[kɝv]

115

LESSON 54

V [v]

記憶口訣

吸血鬼 vampire
"V V V"

FILM54

發音規則

子音 v 唸成 [v]。

故事記憶

v 小妹總是在拍照的時候，做出勝利的手勢（v），所以 v 總是唸成 [v]。

吸血鬼 vampire "V V V"

發音口訣
54.mp3

聽RAP記發音

一邊聽 rap、一邊跟著唸，就可以輕鬆記住 [v] 的發音喔！

1		van 廂形車 v, v, v...an, an, an...v-an...van
2		vet 獸醫 v, v, v...et, et, et...v-et...vet
3		vase 花瓶 v, v, v...ase, ase, ase...v-ase...vase
4		violin 小提琴 v, v, v...i, i, i...v-i...violin

動手寫寫看

請把單字用手寫體正確寫在格線裡,一邊寫一邊跟著音檔開口唸唸看!

van
[væn]
廂形車

van van van

vet
[vɛt]
獸醫

vet vet vet

vase
[ves]
花瓶

vase vase vase

violin
[ˌvaɪə`lɪn]
小提琴

violin violin violin

一口氣學會更多單字!

這些單字裡的 v 全都發 [v] 的音,一起看看吧!

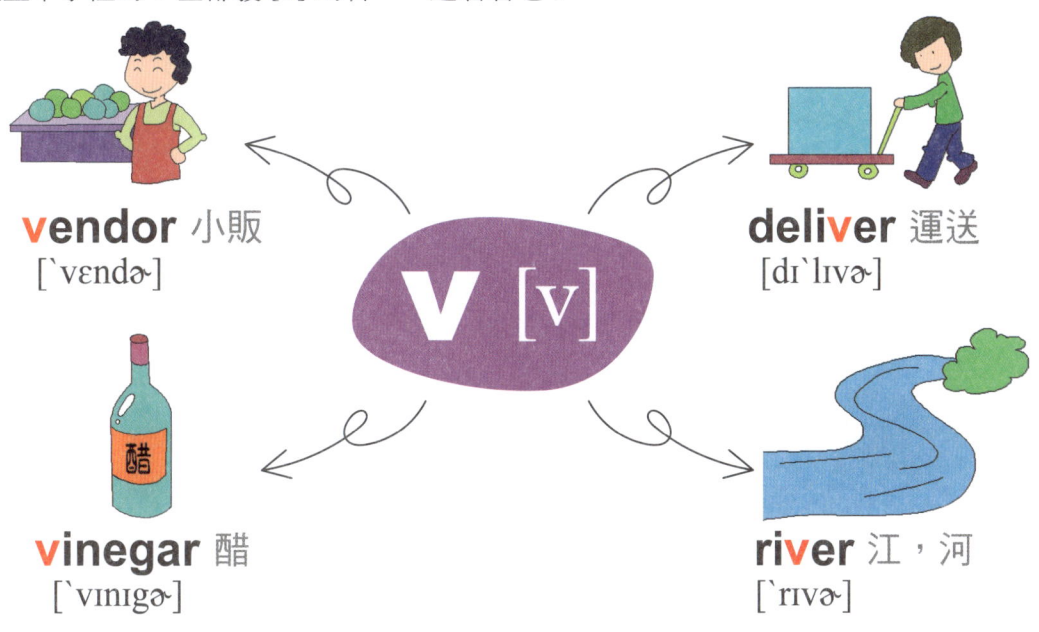

vendor 小販
[`vɛndɚ]

deliver 運送
[dɪ`lɪvɚ]

V [v]

vinegar 醋
[`vɪnɪgɚ]

river 江,河
[`rɪvɚ]

LESSON 55
w [w]

記憶口訣

我我我……口吃的烏鴉 "w w w"

發音規則

子音 w 唸成 [w]。

故事記憶

w 小弟鼓起勇氣跟喜歡的女生告白：「w……w……我好喜歡妳喔～」，所以 w 唸 [w]。

我我我……口吃的烏鴉 "w w w"

聽 RAP 記發音 一邊聽 rap、一邊跟著唸，就可以輕鬆記住 [w] 的發音喔！

1		watch 手錶 w, w, w...a, a, a...w-a...watch
2		witch 女巫 w, w, w...i, i, i...w-i...witch
3		wolf 狼 w, w, w...ol, ol, ol...w-ol...wolf
4		worm 蟲 w, w, w...or, or, or...w-or...worm

動手寫寫看

請把單字用手寫體正確寫在格線裡,一邊寫一邊跟著音檔開口唸唸看!

watch
[wɑtʃ]
手錶

watch watch watch

witch
[wɪtʃ]
女巫

witch witch witch

wolf
[wʊlf]
狼

wolf wolf wolf

worm
[wɝm]
蟲

worm worm worm

一口氣學會更多單字!

這些單字裡的 w 全都發 [w] 的音,一起看看吧!

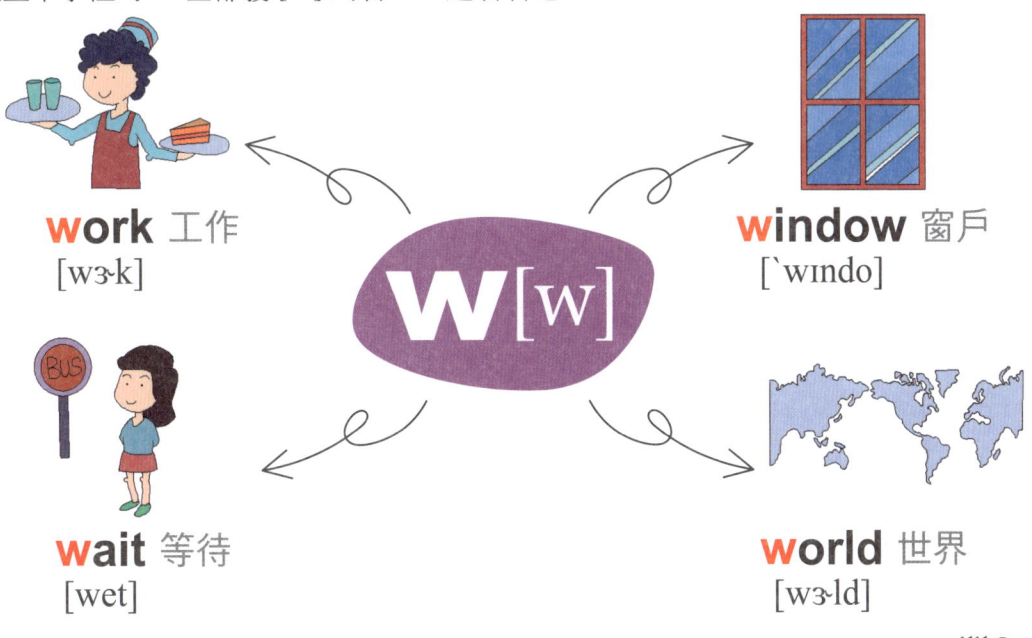

W [w]

work 工作
[wɝk]

window 窗戶
[ˋwɪndo]

wait 等待
[wet]

world 世界
[wɝld]

119

LESSON 56
wh [hw]

記憶口訣

說什麼話 話話話
"hw hw hw"

發音規則

子音 w 遇到子音 h 的時候，唸成 [hw]。

故事記憶

w 小弟和情敵 h 小弟打架，老師看見了就把他們拉開，說：「有『話』好好說啊～」，所以 wh 唸 [hw]。

說什麼話 話話話 "hw hw hw"

聽 RAP 記發音

一邊聽 rap、一邊跟著唸，就可以輕鬆記住 [hw] 的發音喔！

1		wheel 輪子 wh, wh, wh...eel, eel, eel...wh-eel...wheel
2	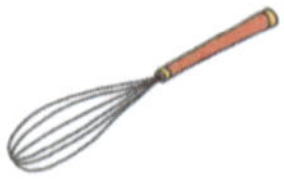	whisk 攪拌器 wh, wh, wh...i, i, i...wh-i...whisk
3		whip 鞭子 wh, wh, wh...i, i, i...wh-i...whip
4		whale 鯨魚 wh, wh, wh...ale, ale, ale...wh-ale...whale

120

動手寫寫看

請把單字用手寫體正確寫在格線裡,一邊寫一邊跟著音檔開口唸唸看!

wheel
[hwil]
輪子

wheel wheel wheel

whisk
[hwɪsk]
攪拌器

whisk whisk whisk

whip
[hwɪp]
鞭子

whip whip whip

whale
[hwel]
鯨魚

whale whale whale

一口氣學會更多單字!

這些單字裡的 wh 全都發 [hw] 的音,一起看看吧!

wh [hw]

white 白色
[hwaɪt]

any**wh**ere
[ˋɛnɪˌhwɛr]
任何地方

every**wh**ere 所有地方
[ˋɛvrɪˌhwɛr]

a while

while 一段時間
[hwaɪl]

121

LESSON 57

X [ks]

記憶口訣

沒有水喝　渴死
渴死 "ks ks ks"

FILM57

發音規則

子音 x 在字尾的時候，唸成 [ks]。

故事記憶

x 小弟躲在冰箱後面偷喝『可』爾必『思』，所以 x 在單字的後面唸 [ks]。

X = [ks]

沒有水喝　渴死渴死 "ks ks ks"

發音口訣
57.mp3

聽RAP記發音　一邊聽 rap、一邊跟著唸，就可以輕鬆記住 [ks] 的發音喔！

1	box 箱子 b, b, b...ox, ox, ox...b-ox...box
2	fox 狐狸 f, f, f...ox, ox, ox...f-ox...fox
3	ax 長柄斧頭 a, a, a...x, x, x...a-x...ax
4	sax 薩克斯風 s, s, s...ax, ax, ax...s-ax...sax

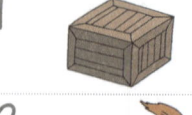

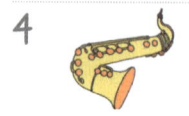

動手寫寫看

請把單字用手寫體正確寫在格線裡,一邊寫一邊跟著音檔開口唸唸看!

box
[bɑks]
箱子

box box box

fox
[fɑks]
狐狸

fox fox fox

ax
[æks]
長柄斧頭

ax ax ax

sax
[sæks]
薩克斯風

sax sax sax

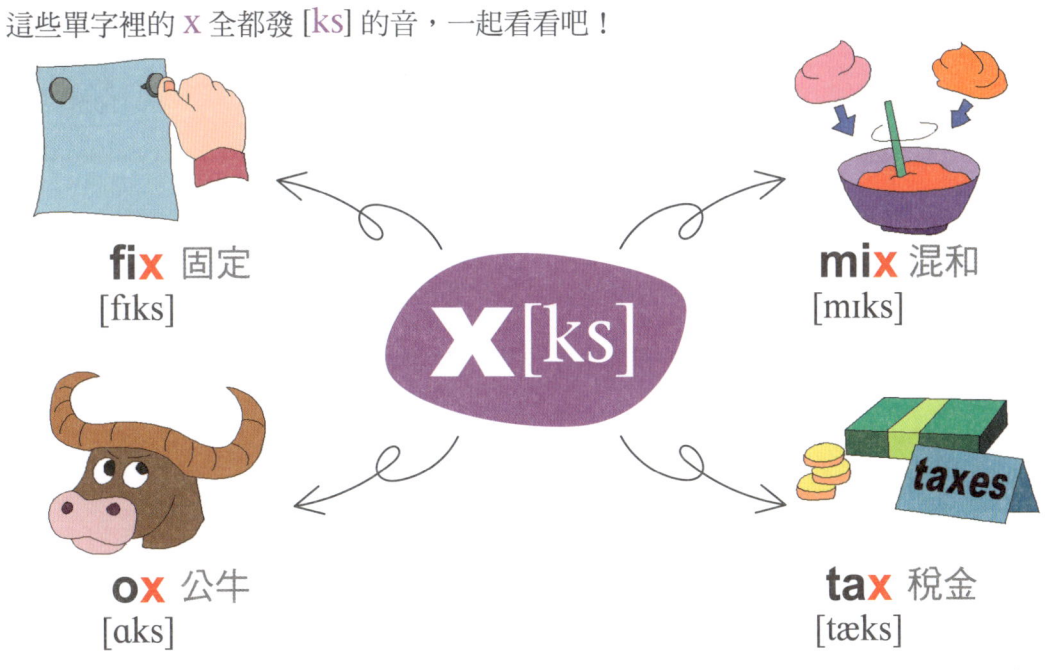

一口氣學會更多單字!

這些單字裡的 x 全都發 [ks] 的音,一起看看吧!

fix 固定
[fɪks]

mix 混和
[mɪks]

x [ks]

ox 公牛
[ɑks]

tax 稅金
[tæks]

LESSON 58

y [j]

記憶口訣

老爺爺的爺 "j j j"

發音規則

子音 y 在字首的時候，唸成 [j]。

故事記憶

y 小妹跑到老『爺爺』的前面，所以 y 在字首的時候唸成 [j]。

老爺爺的爺 "j j j"

聽 RAP 記發音

一邊聽 rap、一邊跟著唸，就可以輕鬆記住 [j] 的發音喔！

1	yield 屈服	y, y, y...iel, iel, iel...y-iel...yield
2	yacht 遊艇	y, y, y...a, a, a...y-a...yacht
3	yawn 打呵欠	y, y, y...awn, awn, awn...y-awn...yawn
4	yo-yo 溜溜球	y, y, y...o, o, o...y-o...yo-yo

動手寫寫看

請把單字用手寫體正確寫在格線裡,一邊寫一邊跟著音檔開口唸唸看!

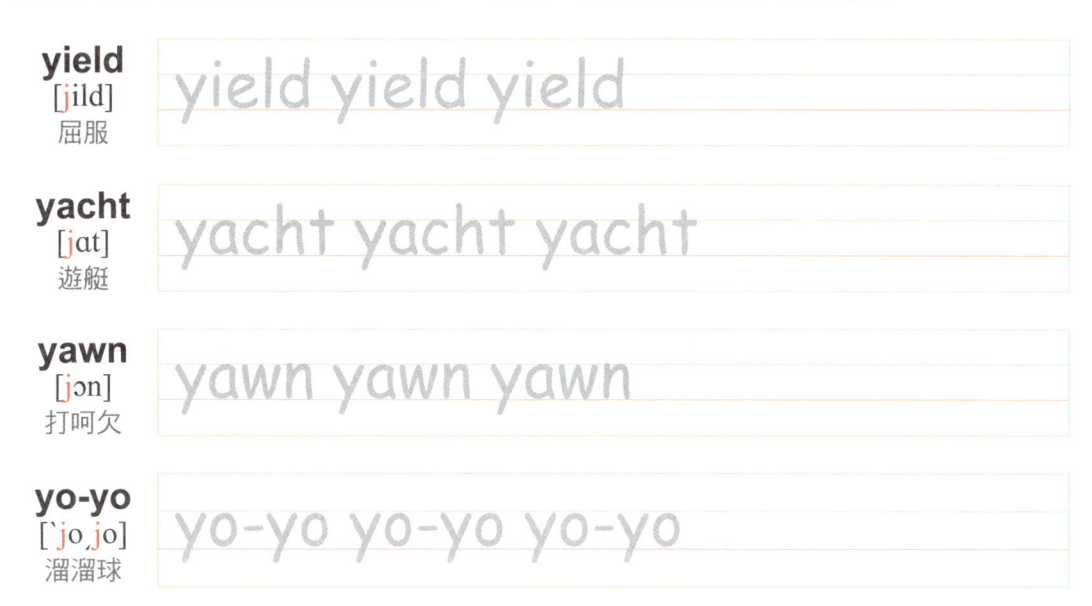

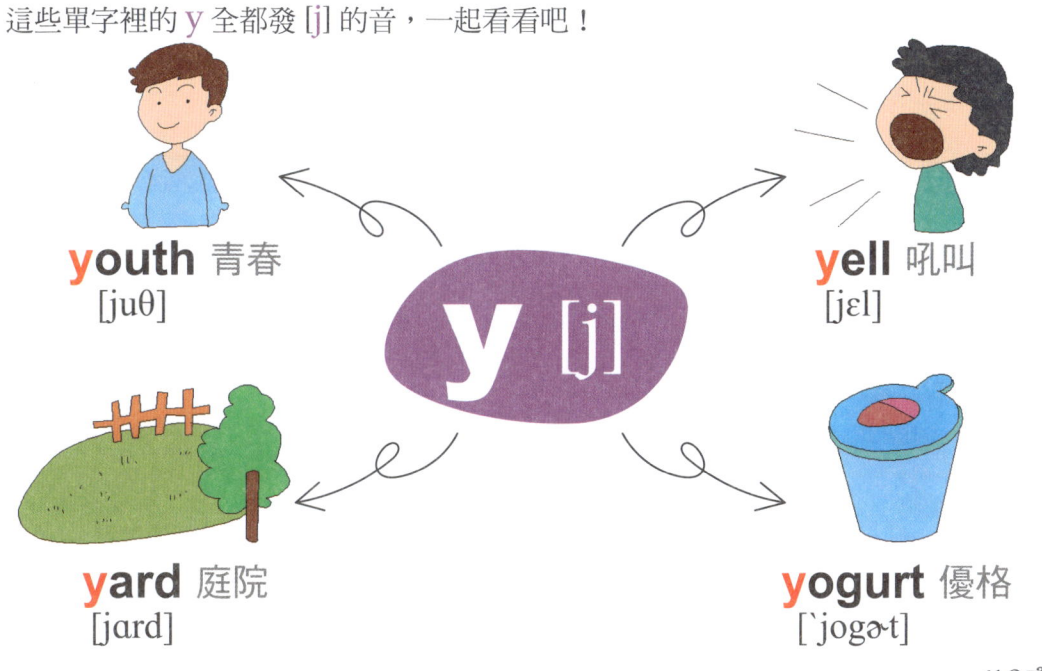

yield
[jild]
屈服

yield yield yield

yacht
[jɑt]
遊艇

yacht yacht yacht

yawn
[jɔn]
打呵欠

yawn yawn yawn

yo-yo
[`jo͵jo]
溜溜球

yo-yo yo-yo yo-yo

一口氣學會更多單字!

這些單字裡的 y 全都發 [j] 的音,一起看看吧!

youth 青春
[juθ]

yell 吼叫
[jɛl]

y [j]

yard 庭院
[jɑrd]

yogurt 優格
[`jogɚt]

125

LESSON 59

y [aɪ]

記憶口訣

鳥會飛 很不賴
fly fly fly "aɪ aɪ aɪ"

發音律動操
FILM59

發音規則

y 出現在字尾，有時會唸成 [aɪ]。

故事記憶

y 小妹吊車尾考最後一名，真失『敗』，所以 y 在字尾唸 [aɪ]。

鳥會飛 很不賴 fly fly fly "aɪ aɪ aɪ"

發音口訣
59.mp3

聽RAP記發音

一邊聽 rap、一邊跟著唸，就可以輕鬆記住 [aɪ] 的發音喔！

1	**fly** 飛翔 fl, fl, fl...y, y, y...fl-y...fly
2	**fry** 油炸 fr, fr, fr...y, y, y...fr-y...fry
3	**cry** 哭泣 cr, cr, cr...y, y, y...cr-y...cry
4	**dry** 弄乾 dr, dr, dr...y, y, y...dr-y...dry

動手寫寫看

請把單字用手寫體正確寫在格線裡,一邊寫一邊跟著音檔開口唸唸看!

fly
[flaɪ]
飛翔

fly fly fly

fry
[fraɪ]
油炸

fry fry fry

cry
[kraɪ]
哭泣

cry cry cry

dry
[draɪ]
弄乾

dry dry dry

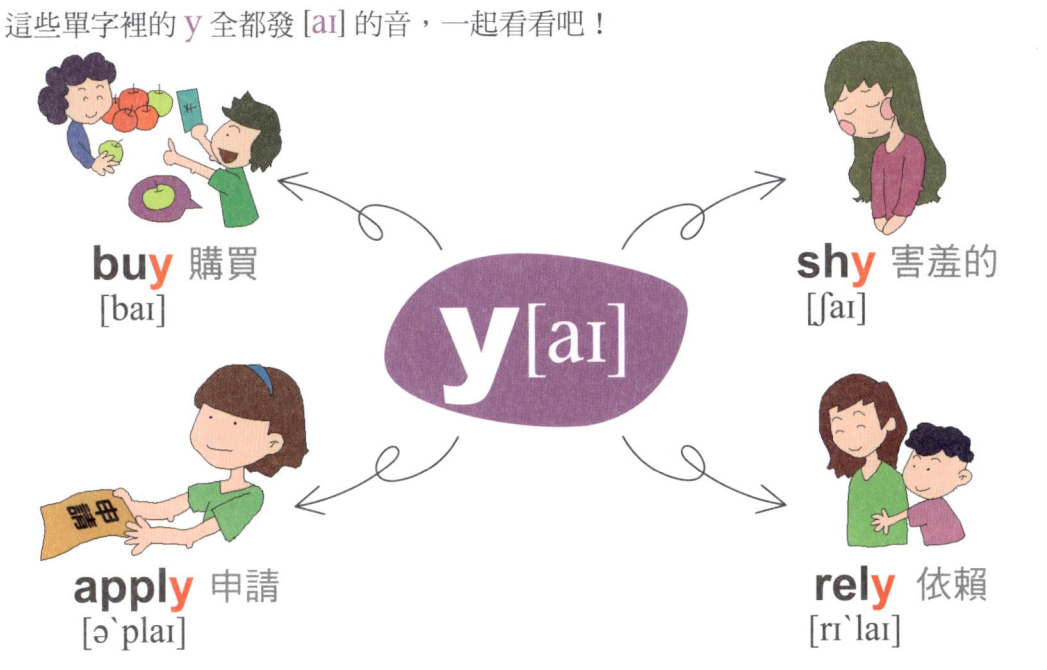

一口氣學會更多單字!

這些單字裡的 y 全都發 [aɪ] 的音,一起看看吧!

buy 購買
[baɪ]

shy 害羞的
[ʃaɪ]

y[aɪ]

apply 申請
[ə`plaɪ]

rely 依賴
[rɪ`laɪ]

127

LESSON 60
y [I]

記憶口訣

快樂的小狗名叫黑皮 "I I I"

發音律動操

FILM60

發音規則

y 出現在弱音節會唸成 [I]。

故事記憶

y 小妹有一隻 puppy 叫做 Happy，所以 y 有時會唸成 [I]。

Happy [I]

快樂的小狗名叫黑皮 "I I I"

發音口訣
60.mp3

聽 RAP 記發音

一邊聽 rap、一邊跟著唸，就可以輕鬆記住 [I] 的發音喔！

1	 puppy 小狗 p, p, p...y, y, y...p-y...puppy
2	 happy 快樂的 p, p, p...y, y, y...p-y...happy
3	 baby 嬰兒 b, b, b...y, y, y...b-y...baby
4	 lily 百合花 l, l, l...y, y, y...l-y...lily

128

動手寫寫看

請把單字用手寫體正確寫在格線裡，一邊寫一邊跟著音檔開口唸唸看！

puppy
[ˋpʌpɪ]
小狗

puppy puppy puppy

happy
[ˋhæpɪ]
快樂的

happy happy happy

baby
[ˋbebɪ]
嬰兒

baby baby baby

lily
[ˋlɪlɪ]
百合花

lily lily lily

一口氣學會更多單字！

這些單字裡的 y 全都發 [ɪ] 的音，一起看看吧！

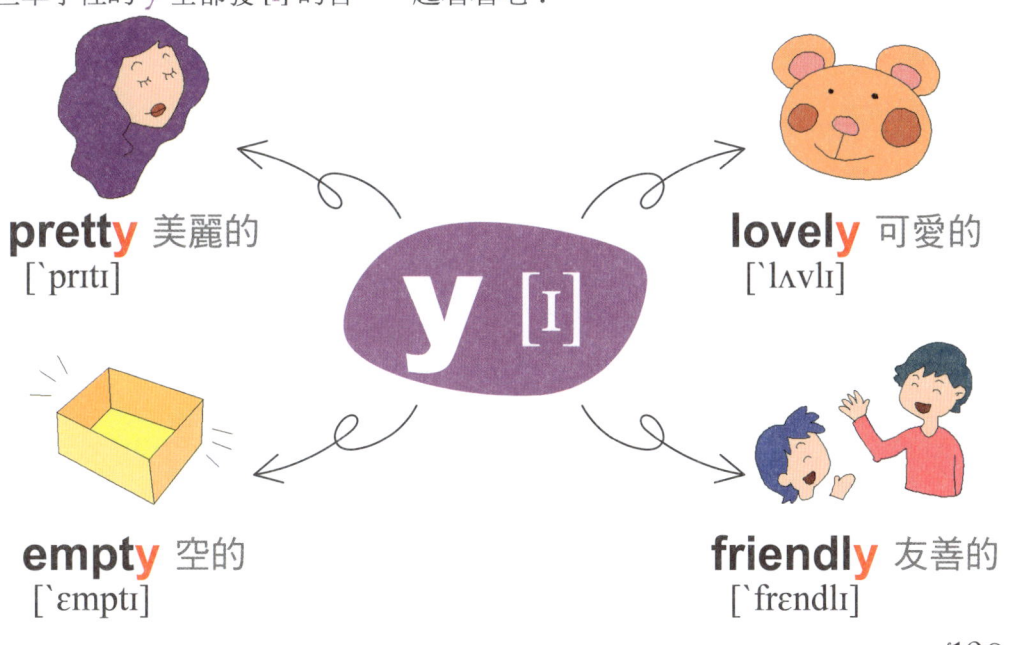

pretty 美麗的
[ˋprɪtɪ]

lovely 可愛的
[ˋlʌvlɪ]

y [ɪ]

empty 空的
[ˋɛmptɪ]

friendly 友善的
[ˋfrɛndlɪ]

129

LESSON 61

Z [z]

記憶口訣

斑馬和蚊子叫聲一樣 "zzz"

發音律動操
FILM61

發音規則
子音 z 在任何時候都唸成 [z]。

故事記憶
z 小弟一天到晚打瞌睡（z），所以 z 唸成 [z]。

Zebra
zzz

斑馬和蚊子叫聲一樣 "zzz"

發音口訣
61.mp3

聽 RAP 記發音 一邊聽 rap、一邊跟著唸，就可以輕鬆記住 [z] 的發音喔！

1	 doze 打瞌睡 d, d, d...oze, oze, oze...d-oze...doze
2	 zebra 斑馬 z, z, z...e, e, e...z-e...zebra
3	 zoo 動物園 z, z, z...oo, oo, oo...z-oo...zoo
4	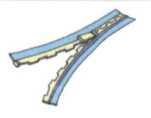 zipper 拉鍊 z, z, z...i, i, i...z-i...zipper

動手寫寫看

請把單字用手寫體正確寫在格線裡,一邊寫一邊跟著音檔開口唸唸看!

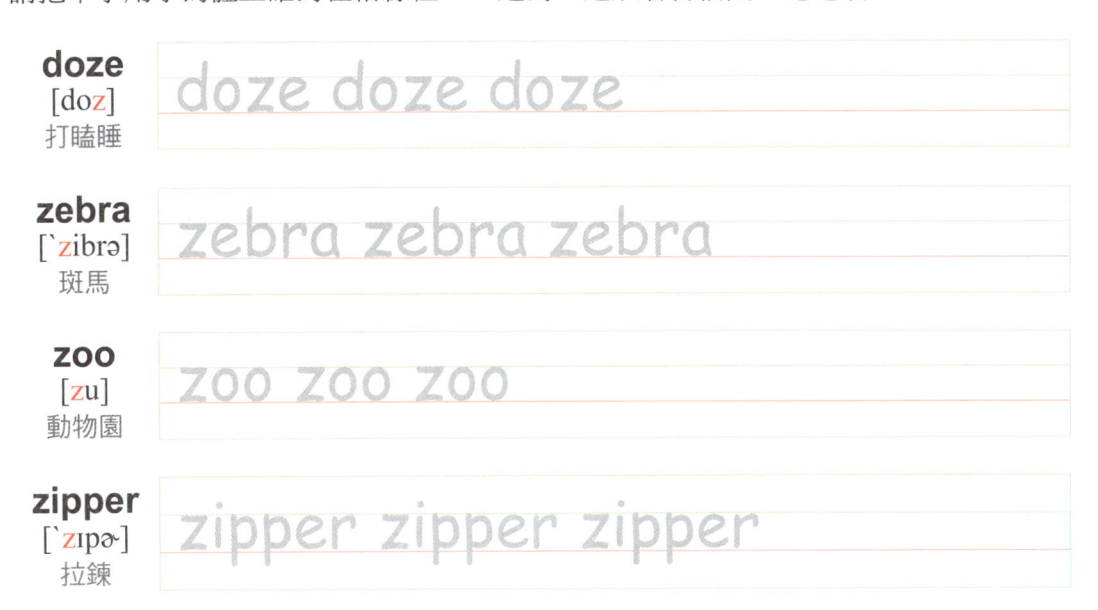

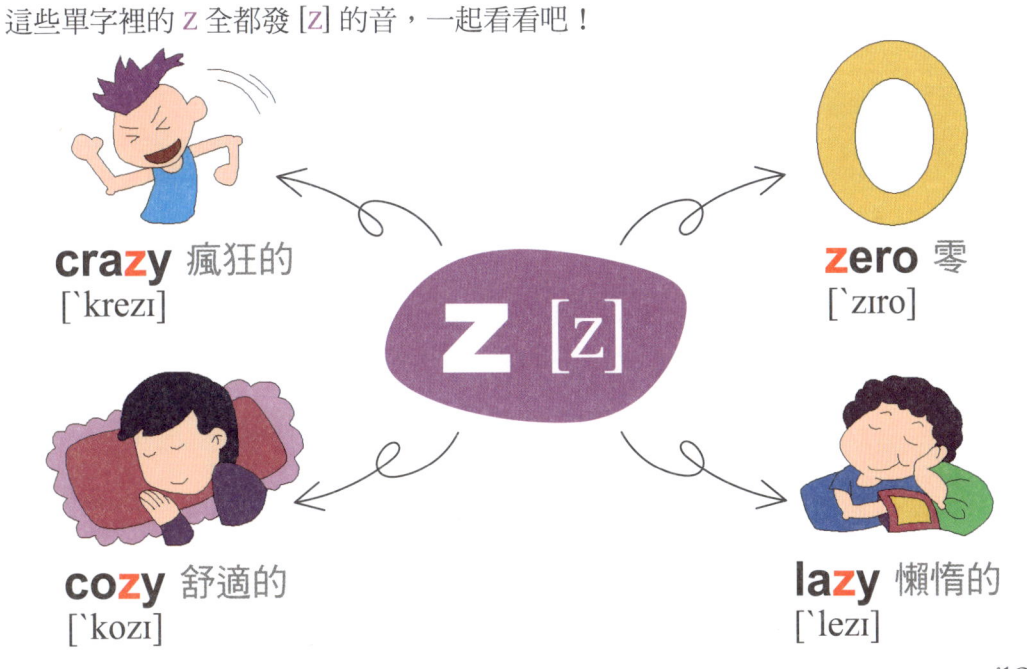

doze
[doz]
打瞌睡

doze doze doze

zebra
[`zibrə]
斑馬

zebra zebra zebra

zoo
[zu]
動物園

zoo zoo zoo

zipper
[`zɪpɚ]
拉鍊

zipper zipper zipper

一口氣學會更多單字!

這些單字裡的 z 全都發 [z] 的音,一起看看吧!

z [z]

crazy 瘋狂的
[`krezɪ]

zero 零
[`zɪro]

cozy 舒適的
[`kozɪ]

lazy 懶惰的
[`lezɪ]

索引 Index

A

action 081
adds 101
anywhere 121
apple 062
apply 127
arm 019
artist 019
ask 059
autumn 017
ax 122

B

baby 022, 128
back 031
bad 011
bake 022
ball 016
balloon 015
banana 014
barber 041
bat 010, 022
bathe 108
beach 038
bed 022
bee 037
beef 037
beg 023
belly 035
belt 035
bet 035
bicycle 026
big 045
bike 052, 058
bill 051
bin 051
bird 054
bite 052
bitter 041
black 030
boat 077
boil 023
bother 109
bowl 062
box 122
boy 023, 086
brave 021
bread 023
breathe 109
bridge 046
brush 102
bug 111
burn 115
bus 110
butterfly 040
buy 127

C

cage 047
cake 020
camel 025
can 070
Canada 015
candle 071
car 018, 024
card 019
care 012
cat 024
ceiling 073
chair 012, 028
champion 029
chance 029
chase 028
cheese 036
chess 035
chicken 029
child 029
chocolate 081
church 028
cicada 027
cigarette 027
circle 026
circus 027
city 027
clam 066
clock 030, 074
cloud 085
coast 077
coat 076
cockroach 025
coin 086
Coke 025
collect 081
collision 098
complain 081
computer 112
continue 113
contract 075
cook 024
cord 078
corn 079
corner 079
cover 083
cow 084
cozy 131
crack 031
crazy 131
cry 126
cup 110
curtain 115
curve 115
cut 024, 110
cute 025

D

dance 032
dare 013
deck 033
deer 032
deliver 117
desert 033

desk 034	fat 042	happy 128
dig 032	fee 037	hat 048
dirty 055	feel 037	hen 034, 049
discover 083	feet 036	hill 049
discuss 111	fight 043	hippo 048
dish 050	fill 051	home 077
doctor 033	finds 101	hop 049
dodge 047	first 054	horse 048
dog 032, 044	fish 050	hot 048
doll 074	fix 123	human 113
dolphin 033	flour 085	humble 111
donkey 059	flower 085	humid 113
door 076	fly 043, 126	hungry 111
doze 130	forest 078	husband 015
draw 017	fork 078	
dry 126	formal 079	**J**
duck 030	fox 042, 074, 122	
	freckle 042	jacket 056
E	freedom 067	jam 056
	friendly 129	jar 018
each 039	frog 043	jeans 056
eagle 039	fry 126	jet 056
elephant 090		job 057
emphasis 091	**G**	jog 057
empty 129		join 087
energy 047	game 020	juice 026
engine 071	gather 109	jump 057
engineer 071	giraffe 046	
enjoy 087	girl 044, 054	**K**
errors 101	glass 045	
everywhere 121	glove 045, 082	key 058
explosion 098	goat 044, 077	kill 063
eyes 100	gorilla 080	king 072
	guitar 045	kite 052
F	gym 046	
		L
face 026	**H**	
fair 013		lack 031
fall 062	hair 012	lake 060
family 043	ham 066	law 017
fan 042	hammer 040	lazy 131
far 019	hand 049	leg 061
farm 018	hang 073	library 061

133

lick............................. 061
lift............................... 051
like............................. 053
lily 128
line............................. 053
lion 060, 080
lock............................ 075
long 073
look 060
loud 084
love............................. 060
lovely.......................... 129

M

magician..................... 047
manager..................... 065
map.................... 010, 064
mat..................... 010, 064
measure 099
medicine 065
menu........................... 065
milk 065
mix 123
model........................... 075
money......................... 064
monkey............. 059, 082
monster...................... 075
month 083
mouse 064, 084
mouth 106
music 112

N

nail.................... 063, 068
national...................... 069
neck 069
nephew 091
nest 034, 068
net................................ 068
nose 076, 100
note.............................. 069
notice.......................... 069

nurse 068, 114

O

octopus 074
onion 082
orange......................... 046
oven............................. 083
owl............................... 084
ox.................................. 123

P

pack 031
package 089
pair 012
pajamas 015
palm............................ 066
pan............................... 070
panda 014
papaya 014
park 018
parrot 080, 094
pass.............................. 011
pea 088
peach 028
phantom..................... 090
phone.......................... 090
photo 090
physical 091
piano................. 076, 088
pick.............................. 089
pig 044
platform..................... 067
pleasure 099
point 087
pool 063
pork 058
potato.......................... 080
pretty 129
pumpkin 089
puppet......................... 089
puppy................ 088, 128
purchase 115

purse 088, 114

Q

qualification 093
quarter 092
queen.......................... 092
question 093
quiet............................ 093
quit 093

R

rabbit 094
race.............................. 020
rage.............................. 021
rain.............................. 020
rat 010
rate.............................. 021
read.............................. 094
red 034
reject............................ 057
rely 127
rest............................... 095
ride 053
ring.............................. 073
river 117
rob 095
role 095
room 066
rooms.......................... 101
rooster 040
rose.............................. 100
rub 095
run 094

S

sauce........................... 016
saw 016
sax 122
scissors 100
scooter 096

scythe 108	tale 021	vase 116
sea 038	talent 105	vendor 117
seat 039	talk 017	vet 116
seed 097	tall 016	vinegar 117
seek 097	tax 123	violin 116
selfish 103	tea 038	vision 099
shake 103	teacher 039	
shark 059	television 098	**W**
sheep 036	tennis 105	
sheet 036	tent 105	wait 119
shirt 054, 102	thankful 107	watch 118
shoes 102	that 108	weather 109
shop 103	thick 107	whale 120
shy 127	thin 107	wheel 120
sick 050, 097	think 107	while 121
sing 072	thirsty 055	whip 120
skirt 055	this 108	whisk 120
smile 053	thread 106	white 121
snail 063	thumb 106	window 119
soda 014	thump 106	witch 118
sofa 096	tiger 041, 104	wolf 118
soldier 097	tire 052	work 119
soy 087	toast 104	world 119
soybean 071	tomato 105	worm 118
spider 096	torch 078	
square 013	tower 085	**Y**
squid 092	toy 086	
squirrel 092	trash 103	yacht 124
stairs 013	treasure 098	yard 125
steam 067	truck 030	yawn 124
stir 055	tuba 112	yell 125
storm 079	turkey 104, 114	yield 124
stream 067	turtle 104, 114	yogurt 125
strong 072	typhoon 091	youth 125
student 112		yo-yo 124
summer 041	**U**	
sun 070, 110		**Z**
sweater 040	universe 113	
swim 096	usual 099	zebra 130
swing 072		zero 131
	V	zipper 130
T		zoo 130
	van 116	
table 062		

135

台灣廣廈 國際出版集團

國家圖書館出版品預行編目（CIP）資料

全新!學自然發音不用背/Dorina(楊淑如)著. -- 四版. -- 新北市
: 國際學村出版社, 2025.09
　面；　公分
ISBN 978-986-454-440-0(平裝)

1.CST: 英語 2.CST: 發音

805.141　　　　　　　　　　　　　　　　114009838

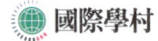

國際學村

全新！學自然發音不用背

入學前學好自然發音！看字發音、聽音拼字、手寫練字，單字能說會寫記得住，一輩子都受用！

作　　　者／DORINA（楊淑如）	編輯中心編輯長／伍峻宏・編輯／徐淳輔
	封面設計／陳沛涓・內頁排版／東豪
	製版・印刷・裝訂／東豪・弼聖・秉成

行企研發中心總監／陳冠蒨
媒體公關組／陳柔彣
綜合業務組／何欣穎

發　行　人／江媛珍
法律顧問／第一國際法律事務所 余淑杏律師・北辰著作權事務所 蕭雄淋律師
出　　版／國際學村
發　　行／台灣廣廈有聲圖書有限公司
　　　　　地址：新北市235中和區中山路二段359巷7號2樓
　　　　　電話：（886）2-2225-5777・傳真：（886）2-2225-8052
讀者服務信箱／cs@booknews.com.tw

代理印務・全球總經銷／知遠文化事業有限公司
　　　　　地址：新北市222深坑區北深路三段155巷25號5樓
　　　　　電話：（886）2-2664-8800・傳真：（886）2-2664-8801
郵政劃撥／劃撥帳號：18836722
　　　　　劃撥戶名：知遠文化事業有限公司（※單次購書金額未達1000元，請另付70元郵資。）

■出版日期：2025年09月　　ISBN：978-986-454-440-0
　　　　　　　　　　　　　版權所有，未經同意不得重製、轉載、翻印。

Complete Copyright 2025 © by Taiwan Mansion Books Group.
All rights reserved.